妖獸奇案

——崑崙傳說——

黃秋芳——著

Cinyee Chiu——插圖

推薦序

破譯山海新謎

李豐楙 國立政治大學名譽講座教授

《山海經》做為文化百寶箱，方便每個創作者從箱中取寶，新創造的寶貝也是新而有趣，由此發現它始終是最好的媒介，將先民與現代人聯繫在一起。華人一向被認為既無神話也缺少想像力，原因在我們不像陶淵明嗜好「泛覽山海圖」？但新世代面對電玩遊戲，到底又是如何創造出炫奇的新虛擬世界？古人與今人在山海世界如何相遇？《山海經》這個文化百寶箱雖則敘述簡略，從人物、動物到無生命物，卻反而留下許多空間供想像馳騁。這些富含創意的神話元素，形成民族共同的文化底蘊，就像新世代創造的電玩遊戲，有機會創造民族風格而形成民族氣派。面對黃秋芳創作《崑崙傳說》的山海圖象，經過現代包裝之後，是否能夠聯結古之人與今之人？關鍵在，此心此理有什麼共通處？

在中華文化的歷史傳統下，如何定性《山海經》的奇幻世界？這問題的答案，若非視為難解，就批判為荒誕不經！在這種歷史壓力下，導致缺少神話想像，既欠缺真正的兒童讀物，也不太懂得遊戲三昧！但看到秋芳筆下的系列新作，發現這種情況正在改變中。

如是改造，亟需超常的勇氣，相較之前的山海創意，她選擇走自己的路，翻轉了傳統的山海印象。原本簡缺至於不足的，剛好可以發揮想像；前後卷銜接不上的，反而成為可資運用的空檔。基於傳統欠缺遊戲的精神，在這裡提供一組觀念：「常與非常」，做為這系列讀物的參考。「常」的秩序導向遍於儒家經典，但「非常」則一直欠缺，就是形成超常、反常的力量。如何將山海世界翻轉為現代版本，將來自古代奇書的創意，以現代人的眼睛觀看？尤其成長在電玩世界的世代，視覺經驗既大異於昔，既注重圖像思維的造型、色彩，也習慣以簡馭繁、以一見多，卻又能極其繁富。故透過「非常」形式可以認識世界，也能從這一組概念取得進入山海世界之鑰。

在《山海經》的原初世界中，「常」就是日常世界所接觸、經驗的所有生物、無生命物，相同的種族、常見的動植飛潛以及常用的自然礦產，這樣熟悉的生活世界雖則讓人感覺有序、安全，卻也重複、單調而殊少變化，故在記錄時常一筆帶過。所以「常」做為一種筆法，只是認識世界的基本形式。

相對的第二種筆法則是「非常」，凡少接觸、罕見的經驗，只有經由組合、拼裝為新物，才能傳達給原本對此不熟悉的人，這就是做為想像形式的創作。其實文明蒙昧期就像兒童一樣，從近認識遠、從常認識非常，也就是從熟悉認識不熟悉，利用這種創意形式，就會形成一個不尋常世界。陌生化正是想像力的發揮，同時兼具真實與想像的拼合。在這種創作方式下，山海世界構成了「非常」的圖書譜系，形成彩色繽紛的山海圖像。這種書籍不斷翻新而後出轉精，相當程度滿足了新世代的想像需求，使兒童文學成為藝術新媒介。同時結合了真實和虛擬，也就是常物與非常物的新組合，這種趣味就像現代電玩世界的創意。

「常」的世界少有故事記載，而「非常」世界則有許多故事可以敘說，其中也銘刻著「跨越時空」的故事。這時「非常」世界不再是條列的，而是綜合了多視角，從地上的異獸到會飛會潛的異物、從輿圖內到域外，層層向外舒展空間，這種視野也就從人境到境外，每個繁簡不同的故事，都能引發想像之旅。

如何破解這類奇書之謎？從博物圖誌到巫書祕笈，類似《禹鼎記》、《白澤圖》，都被用於法術中，代表一種神奇的「登涉術」，為了登山涉水先備好入山指南，在森林、溪谷間遭遇奇物就可依方破解。秋芳的新作正可以歸屬這種巫書系譜。遵循了一定的原則、既有的名字，也標記其形狀、顏色，就像擁著《白澤圖》入山，就方便辨識神奸。

在《山海經》中的「咒術性思維」，這種根據同類相感、相治，以相互感應而傳達其屬性，也就是巫術中所謂的「屬性傳達原理」。從巫術、方術乃至道教法術，時間雖然相隔遙遠，但《山海經》做為神祕圖笈的源頭，流傳既久、層面也廣，遠在《白澤圖》、道教法術之上。

秋芳專心投入《崑崙傳說》系列的奇書創作中，利用神話知識創作另一密碼，亟待有心的讀者破解其祕。如此神聖又神祕的奇作既可隨身攜帶，亦能隨興泛覽，相信能夠成為具有神奇效應的當代祕笈！

推薦序

流觀山海經看崑崙山

林文寶 國立臺東大學榮譽教授

《山海經》猶如天外奇書，全書三萬多字，字裡行間皆令讀者嘖嘖稱奇。

這部古籍如何形成？其實至今學界仍覺得一團謎，從原始資料如何採集，又是誰編輯成書，乃至後來流通的方式。雖然畢沅說：「作於禹益，述於周秦，行於漢，明於晉。」但在歷史文獻上仍有相當分歧的說法。唯一大家承認的，就是《山海經》曾配合《山海圖》，採用條列式文字，配合那些描繪奇形怪狀的圖樣。陶淵明曾作《讀山海經》十三首，其中一首的末四句：「泛覽周王傳，流觀山海圖。俯仰終宇宙，不樂復何如？」說明了原本《山海經》正是富有圖卷的，而目前通行的《山海經》，也都是以圖鑑的形式呈現。

山海經的內容稀奇怪誕，不只是講述地理山川，更記述奇山險地存在何種奇禽魔獸，涉及巫術、宗教、歷史、民俗、風土、礦藏等面向，更是神話之淵源，可譬為當代幻想文學中靈感寶泉。

秋芳新作《崑崙傳說》問序於我，令我驚喜交加；驚的是她總算又執筆寫作，喜的是竟是《山海經》的故事！多少人曾以《山海經》為依據書寫奇幻故事，就兒童文學而言，皆流於單篇，缺乏恢宏的長篇。今秋芳三部曲，正是我企踵以待。

今就其中主要角色介紹者，見其《山海經》出處：

陸吾，卷二〈西山經〉：「西南四百里，曰昆侖之丘，是實惟帝之下都，神陸吾司之。其神狀虎身而九尾，人面而虎爪；是神也，司天之九部及帝之囿時。」

開明，卷十一〈海內西經〉：「海內崑崙之墟，在西北，帝之下都。崑崙之墟，方八百里，高萬仞。上有木禾，長五尋，大五圍。面有九井，以玉為檻。面有九門，門有開明獸守之，百神之所在。在八隅之巖，赤水之際，非仁羿莫能上岡之巖。」

英招，卷二〈西山經〉：「槐江之山，實惟帝之平圃，神英招司之，其狀馬身而人面，虎文而鳥翼，徇於四海，其音如榴。」

欽原，卷二〈西山經〉：「崑崙之丘，……有鳥焉，其狀如蜂，大如鴛鴦，名曰欽原，蠚鳥獸則死，蠚木則枯。」

至於**白澤**，不見於《山海經》，完整的故事見於宋代《云笈士籤》卷一百《軒轅本紀》：「帝巡狩，東至海，登桓山，於海濱得白澤神獸，能言，達於萬物之情，因何天下神鬼之事，自古精氣為物、遊魂為變者凡萬物一千五百二十種，白澤能言之，帝令以圖寫之，以示天下。」

崑崙山是神話傳說中天帝在人間的都城，也是諸神聚集的地方，還存在著各類奇異的動植物。位在於海內西北方向，沒有一定修為的閒雜人等不可能踏上崑崙山，山方八百里，每一面都有九井和九門，每一道門，都有神獸把守。

作者以《山海經》描述角色的隻言片語，再以崑崙山為場景，企圖揮灑成《崑崙傳說》三部曲，她的浪漫情懷在這次的改寫創作中一覽無遺，星星樹和漫天花雨奠定整部故事偏向童話基調。

除此，文字的處理與選擇精準得當，用詞遣字更與情節同調，華麗繽紛卻平易近人，沒有古典文字的晦澀難讀；選擇的語調也偏向輕鬆幽默，宛若調皮的秋芳親自說著故事、陪伴著孩子共讀。整體的情節設計與文字挑選，肯定能讓讀者能在非常舒服的閱讀狀態下，享受秋芳所創造出的綺麗幻境。

秋芳選擇了「開明」成為整部小說的主角，從他的誕生開始，展開整個故事的序幕。他在崑崙山所遇到的朋友、所經歷的事件，都是一個個有趣的章回故事。開明如何在這些事件中成長，或者他又要遇到什麼樣稀奇古怪的朋友，也會是一大看點。整個三部曲的鋪陳，相當吻合孩子的成長經歷，想必會有相當的共鳴。

如果你意猶未盡，那就耐心等待下回分解；又如你不服氣、不甘心，或是迫不及待想知道更多，那就拿取《山海經》文本或搭配圖鑑，自己走進入崑崙山的傳奇，放縱自己，任由山海經的奇禽異獸奔馳於你想像的幻境，編織屬於你的崑崙傳奇或《山海經》的神話世界，而後故事將流轉、想像不歇。

參考資料：

《觀山海（山海經手繪圖鑑）》，杉澤繪，梁超撰，湖南文藝出版，二〇一八年六月。
《山海經圖鑑》，李豐楙審定，國家圖書館、大塊文化合作出版，二〇一七年九月。
《古本山海經圖說（上、下卷，增訂珍藏本）》，馬昌儀著，廣西師範大學出版，二〇〇七年一月。
《山海經箋疏》，郭璞傳，郝懿行箋疏，漢京文化出版，一九八三年一月。

推薦序

神話、歷練與歸來——黃秋芳《崑崙傳說》的三讀策略

許建崑 東海大學中文系教授

在餐廳的菜單上，看見有「鮮魚三吃、烤鴨三吃」的名目，一定會讓人食指大動。閱讀黃秋芳《崑崙傳說》系列，是否也能「三讀為快」呢？

對我們而言，《山海經》是本耳熟能詳的古代神話故事。「豹齒虎尾而善嘯」的西王母，有三隻青鳥幫她覓食、探路；能煉石補天，還可以摶泥作人，成為人類「造物主」的「蛇身女」女媧，《紅樓夢》

裡的賈寶玉，不也是她的「遺珠」之作嗎？黃帝與蚩尤作戰，應龍和女魃前來助陣，獲得輝煌的勝利，然而他們之間是否有了愛戀，又有怎樣悲慘的結局呢？火神祝融與水神共工廝殺，天崩地裂，女媧又如何來收拾善後？

這些零零散散的故事，以前都是單篇而獨立存在的。經秋芳認真思索，為它們編寫了「譜系」、交代人物關係與事件因果，而成就了一部系統清楚的「神話家族史」，真是個了不起的工程。

故事透過一個年紀小小的主角「開明獸」來開展：他有九個頭、十八隻眼睛，可以四處張望，是天帝大總管「九尾虎」陸吾的一滴精血化成。名為「開明獸」，自然可以聯想到他聰明、機智，將來要面向「開明」世界，但本質上還是具有「野獸」般的粗獷。他接受陸吾教導，奉行「負責、低調、守護於無形」的「警衛法則」，然而「虎斑馬」英招「漫天花雨」的魔法，以及溫柔、體貼的性格吸引了他，讓他暗中效法「速度」、「力量」的追尋。又因為王母娘娘的寵愛，習得了「摘星術」後，竟把天上一千零兩顆有生命的星星摘下，製成星星樹要獻給英招。這下子惹禍上身，開明獸被判幽禁在深藍的溶穴中。

悲傷、懺悔之際，一個細細的聲音喚醒了他，是星星樹上的小紅星。她在即將失去生命之前，鼓勵他「多花一點時間學習」，並請他幫忙完成「愛與美」的追尋。這個早夭的「同學」，正是開明獸生命中獲得的第一份友誼。

不久，具有廣博知識的「白絨怪」白澤出現，誘導他打開「洞察萬物」的能力。開明「觀看」了盤古、燭龍、女媧、共工、祝融、應龍與女魃的過往，也「知道」陸吾、英招曾參與過戰爭，在「九敗不勝」與「威令必勝」之間權衡，卻都是出自於「愛」的理由。

漸漸長大的開明獸，關注及於四境。夸父、蚩尤、刑天、燭龍，都有一段悲抑難中的過往，他們堅強而不服輸的性格，也都觸動開明的心弦。世上確實有些無可奈何卻又相互牴觸的事情，無法逃避。「是不是該放下遺憾，一如重生的帝江，才能獲得幸福？」開明想著，因此他找來神鳥欽原，在崑崙山麓建立一個「園藝迷宮」，以屏蔽弱小無助的生靈，讓他們得以安棲，也讓神羊土螻帶引人們來到避世桃源。

長大後的開明獸呢？是否留在迷宮修練？還是有新的任務，遠行他方，看見更廣闊的世界？他會不會轉世投胎，到人間走一遭呢？什麼時候，又會回歸崑崙山顛呢？這就要問秋芳，續集還寫些什麼？

這部作品中有趣味、有知識，也有啟示，讓我們陪伴著開明獸歷練歸來，完成遠古的神話閱讀，也省視了自己的內在世界：每個人都可以在錯誤中摸索成長，每個生靈都應該相互疼惜，而負責、低調、守護、速度、力量、愛與美，更是我們人生中受用的功課！

推薦序

諸神的密碼

鄒敦怜 閱讀寫作指導專家、兒童文學作家

秋芳的浩瀚大作《崑崙傳說》，用全知的視野看《山海經》神奇異獸彼此關係的經緯交織，故事中有很多取材於原典的內容，也有更多作者增加的新元素。新元素充滿奇幻瑰麗的想像色彩，與古老典籍全無違和感，細緻的文字讀起來一篇篇都是經典的散文，畫面豐富讓人讚嘆。

為了讓搶先讀第二集的讀者銜接上情節，首段篇章〈神獸樂園〉快速的交代第一集的內容重點。第二集《妖獸奇案》同樣以開明獸為主角，開明在第一集中經歷了被創造、學習、犯錯、思過、蛻變再出發的種種階段，彷彿浴火重生，找到自己的定位。

而在第二集，開明獸顯得更成熟穩重，他擔負起照顧與教育「吉羊(ㄒㄧㄤˊ)」和「如意」兩兄弟的責任，並且開始在崑崙山中打造「園藝迷宮」的任務，為了讓大大小小不愛熱鬧的生靈，可以透過地景幻術的保護，寧靜安全的待在這裡修練。迷宮用了「奇門遁甲」的「八門」，一般人可能從算命或其他玄學聽過「奇門遁甲」，但其實這也是出自《山海經》：《山海經》中記載黃帝與蚩尤的戰爭，黃帝用九天玄女傳授的兵法製造指南車，又用「奇門遁甲」之術痛擊蚩尤。如此充滿奧義的玄學，當然不能在書中說盡，但故事玄妙的地方就在這裡，為讀者埋下好奇的種子。

在《山海經》原典中，許多的紀錄是片段而零碎的，先民一段段來自不同地方的傳說，記錄者一點一點的留下文字。例如〈西山經〉這段：「……有獸焉，其狀如羊而四角，名曰土螻，是食人。有鳥焉，其狀如蜂，大如鴛鴦，名曰欽原，蠚鳥獸則死，蠚木則枯。……有木焉，其狀如棠，華黃赤實，其味如李而無核，名曰沙棠，可以禦水，食之使人不溺……」，寫的是崑崙之丘某個角落的生態。

這段原典被秋芳融會貫通，她將幾個「角色」的任務與互動串聯起來，讓讀者看見角色彼此靈活的互動：「……開明在規畫『神獸樂園』計畫時，除了找欽原合作『園藝迷宮』，同時也拜託欽原的好友，四角神羊土螻吞下『沙棠』果實，讓身體產生變異，踏水不溺，才能跨出弱水，到崑崙山外巡邏……」，讀完忍不住讚嘆，升起恍然大悟的快意。

開明獸在第二集，依然有許多艱難的任務：得把增生的小蛇人送回極北之地、調查不死藥的真相、讓荒蕪的大地長出綠意，不再鬧飢荒、設法解開窫窳被殺的祕密、與巫陽和離朱結識、解開黃帝和燭龍的心結……，每個看似都是不可能的任務，卻憑著他的一股傻勁，居然一一得到巧妙的安排。

開明是個出現在《山海經．海內西經》中的角色，在秋芳筆下有著唐吉軻德般的執著與熱情，總向著明知不可能的事情挑戰，有點傻氣、有點執著，展現全然的真性情。在我讀來，貫串全文的主旨，就是這種帶著傻氣的愛與溫暖、愛與堅持、愛與信任……，我想，這應該就是作者想透過作品傳達的中心主旨：即便是崑崙山的諸神，也想找到這些最簡單、最容易執行，卻也最常讓人們輕忽的密碼。

讀完第一集，我的第一個想法就是：真有趣，這簡直可以直接當成電玩遊戲的腳本；第二集豐富華麗的內容，讓我這個想法更加確定，有興趣把作品製作成電玩的遊戲業者，真該好好讀一讀這部大作！

看完兩集之後，讀者一定會問：「然後呢？」我知道讀者引領而盼，其實，第三集也已經完成了，敬請期待，完結篇即將重磅登場！

作者序

解開妖獸謎題！

黃秋芳

全球大瘟疫，盤旋成艱難懼怖的記憶。我們在各種病毒報導和論述中，看見蝙蝠幻影，簡直快變成大家都害怕的「妖獸」了！

很難想像，科學這麼進步的二十一世紀，我們的不安，還是脆弱無助如幾千年前的原始初民。瘟疫的傳播太快了，在科學可以解釋以前，人們喜歡假想瘟疫的散播來源是鳥禽，會飛、會爬，還配備著讓我們嫌惡恐懼的長尾巴。

傳說中，有一種瘟疫鳥長得很貓頭鷹，叫「跂(ㄑㄧˊ)踵(ㄓㄨㄥˇ)」，只有一隻爪子，留著豬尾巴；還有一種喜歡爬樹的野鴨叫「絜鉤」，長出老鼠尾巴。為了對抗「瘟疫妖獸」，我們想像出一種像喜鵲的鳥，叫做「青耕」，有清澈的青羽毛、雪白的眼睛、嘴喙和尾巴，讓我們種下希望，藍和白搭配出來的寬朗，像天空悠然自在，一抬頭，又是晴朗的一天，生活都變輕鬆了。

就算沒有像瘟疫鳥長出翅膀，瘟疫獸也充滿殺傷力。有一種全身赤紅如火的小刺蝟，叫做「㹫」；還有一種超級厲害的「蜚」，長得像牛，雪白的腦袋上只有一隻眼睛，長著蛇尾巴，掃過水澤就乾涸，行經草地就四處枯萎。瞧！這種可怕的形象，很像死神吧？這種幻想力太強大了，後來就變成很多小說創作的奇幻滋養。

這些一眨眼就火燒野燎，讓我們來不及遁逃的妖獸，真正的剋星就是「水」，所以，水裡有一種「箴魚」，嘴巴像長針，可以刺破我們對瘟疫的恐懼；還有一種能夠吐出珠子的「珠蟞魚」，形狀像一葉肺，帶著四隻眼睛、六隻腳，好像吃了他的魚肉，我們就可以逃得更快，看得更警覺，還可以生出更健康的肺。

很有趣吧！有妖獸，就有神獸，不斷對照出我們生存的困境和出路，帶給我們希望和依賴。這就讓我們理解了，為什麼《山海經》裡會藏著這麼多妖獸和神獸：因為，當無邊無涯流竄的「看不見的災難」，變成了「看得見的形體」，和我們一樣，需要呼吸、食物，受各種生存條件的限制，而且還可以預防、驅離、捕捉、摧毀，這讓我們生出一種可以掌握災難的「安全感」。

從《山海經》到《崑崙傳說》，我們也跟著開明獸，一起從傻裡傻氣的天真和失落，以及不顧一切的學習和努力中，找到對抗災難的智慧和勇氣。

第一集《神獸樂園》裡的小開明，莽莽撞撞的闖禍和彌補，終於懂得為各種不同性格的神獸創造出真正的快樂家園；到了第二集《妖獸奇案》，小開明還來不及長大，白澤就讓他扛起責任，照顧一對比他更聰明、又比他更會闖禍的雙胞胎，還要解開燭龍之子「妖獸窫(ㄧㄚˋ)窳(ㄩˇ)」、「不死藥」和「開明六巫」的謎題。

生活怎麼會有這麼多挑戰呢？靠著夥伴的支持、永不放棄的勇氣，以及在逆境中一次又一次的淬煉，抽絲剝繭，最後我們還是得靠自己的力量，去冒險、探索、解開矛盾，為每一天創造出新希望！

目錄

不死藥的祕密 81

溫暖的旅程 133

角色介紹

開明

因天帝大管家陸吾的一滴血，溶入晶玉而誕生的九頭小神獸，九顆靈活的頭分別負責守衛崑崙山九個重要出入口。嚮往白澤的幻術神能，向他學習打造園藝迷宮，讓弱小的生靈可以躲藏，以打造神獸樂園為目標。

白澤

崑崙山的「萬事通」，外型是一團朦朧的白毛球。擁有豐富知識與強大的幻術，將自己的莊園打造成迷宮，收留神界的遺孤。個性孤僻愛搞神祕，讓開明總是找不到他。

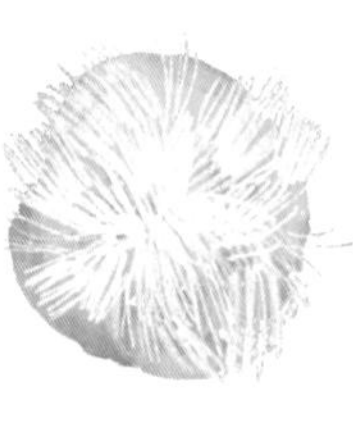

吉羊如意

來自西山山系第三山脈的雙胞胎小山神，有著人面羊身的外型。兩兄弟個性互補又依賴：哥哥叫做「吉羊（ㄒㄧㄤˊ）」，古靈精怪、個性急躁；弟弟叫「如意」，嚴謹細心、行事溫緩。因父神在一次戰鬥中犧牲，將兩兄弟託付給了白澤，一起住在莊園裡。

欽原

負責巡邏警示的神鳥，卻像隻大黃蜂會螫人，帶有毒刺，只要被他螫到都會死去。在開明的「神獸樂園」計畫中擔任園藝迷宮總設計師。好友是擁有四支毒角的土螻（ㄌㄡˊ），負責越過弱水，前往人間找尋、接回需要協助的小生靈。

燭龍

天地初成時的遠古神之一，由盤古最後一絲魂魄化成，擁有紅色的龍身與上下排列的雙眼，上面的眼睛代表太陽，睜開天亮、閉眼地暗；下面代表月亮，能與陰界相通。兩個兒子鼓（ㄍㄨˇ）與窫窳（ㄧㄚˋ ㄩˇ）死後，一人獨守在極北冰穴。開明使用「洞察萬物」的能力時，能與他意識相連。

白澤的願望

1

神獸樂園

崑崙山是神靈界連接人間的神祕轉口，有四個大門、五個通道，滿足神、仙、精、靈的各種需要，同時也存在各種危機和挑戰。幸好，天帝委託了超級大管家「陸吾」來打點一切，掌管天界九大神域，守護崑崙山周圍三千里，發現危機時還得親自出任務。陸吾看起來很悠閒，其實忙碌得不得了，堅守著「警衛守則」：「負責」、「低調」、「守護於無形」，決意奉獻一切，讓神界諸靈安心定居。

不過，這世界上的事情，再怎麼努力都不可能做到完美。神通廣大的陸吾，調配身上的九條尾巴各司其職，就是有一條尾巴特別調皮，總是偷閒亂跳舞，有次不小心打斷了七彩溶瀑，碎裂成驚天動地的彩虹雨，讓一小滴血融進檸檬黃溶岩，吸收了七彩仙水的天地靈氣。最後，陸吾決定在自己的血脈裡灌注神能，重組生物特性，培育出一隻可以張開明亮眼睛的「開明獸」，讓他和自己一樣擁有老虎身體，但稍微小一點，也只保留一條尾巴，免得他亂闖禍，再配置九顆頭來鎖定崑崙山的九個出入口，又和好友「英招」一起研發出「洞察萬物、預卜未來」的超能按鍵，讓小開明緊急時可以活用，確保天地神靈的和平安寧。

陸吾嚴謹，英招率性，像兩個個性不同的爸爸，一起付出全副精神在教養開明獸。小開明從小把英招當做最棒的陪伴、最好的朋友、最厲害的英雄，以為自由任性就是「帥氣」。當「西王母」傳授他摘星術後，他竟摘下一千零兩顆星星做出星星樹，想和英招最拿手的獨門絕活「漫天花雨」比美。這場導致靈界一千零兩條生命痛苦衰竭的瘋狂混亂，讓英招憤而和他斷交，西王母也收回他的摘星術，而他被幽禁在荒僻的南淵，懸崖峭立、深深垂下的深藍溶穴，宛如被世界遺棄。

在孤立的絕望中，他聽到小紅星垂死前的溫柔呼喚，心裡又愧又悔，恨不得做點什麼卻又不能。就這樣撐過了很久很久，幽禁令解除了，他還是住在深藍溶穴裡，藏著贖罪的願望，即使醒過來的每一天都是傷痛，還是拼命想著該怎麼彌補，理解這個他必須拼卻生命守衛的世界，學會守護，不再犯錯。

失去摘星神能後，他知道靈力關鍵在於「力量」和「速度」，努力維持著和以前一樣的修練習慣，繞著崑崙山練跑，也認識了崑崙山的知識控「白澤」，學著努力讀書、認真觀察，保持思索和記錄的紀

律。因為急於變得更好，意外闖入時空混沌，意識陷入沉睡，幸好得到了引導，在天地初醒的混亂爭戰中，慢慢領略天地間的日月星辰、山川草木，都帶著強烈的情感和執迷。「盤古」打破空間混沌，開天闢地；「燭龍」接手切開時間渾沌，讓日月開始流淌；「女媧」補天，「伏羲」發明，「神農」種植，「祝融」給火，「共工」注水；「黃帝」和「蚩尤」決戰後，「應龍」和「天女魃」癡心成全，「夸父」追日遍地桃花，蚩尤的枷鎖化為楓林，「刑天」抗爭後遺留豐足歌聲，替燭龍向「鼓」和「葆江」傳遞哀痛和憐惜……

　　無邊寬闊的天地，用交替著的溫暖和嚴峻在訓練開明獸，他不再害怕強大的氣旋，反而因為和盤古、燭龍的意識疊合，盤旋在磅礴氣場裡，對不同的人事神靈形成了深刻共鳴。他喜歡自由自在的嬉遊荒野，尊敬從「混沌」蛻化重生的「帝江」，當他發現帝江卸下中央天帝的威權和負擔，把天山打造成充滿創造力的「藝術學院」，他也把絕美的星星樹送到天山，聽淘氣的「留聲雲」帶著大家的笑聲，隨著風四處奔跑，從此確定了自己的願望：他要讓每個生靈，活得更像自己想要的樣子，讓整座崑崙山自由自在，成為快樂安心的「神獸樂園」。

他羨慕白澤可以用變化莫測的幻術來保護自己，特別商借了長得很像蜜蜂的神鳥「欽原」，一起向白澤學藝布陣，正式進行「神獸樂園」計畫，接受靈力低微的精靈異獸自由申請，製作「園藝迷宮」，讓這些不愛熱鬧的小生靈，也可以透過地景幻術的保護，寧靜安全的待在小角落。這些努力打動了西王母，交代英招把摘星術的記憶還給開明獸，解除對他亂摘星星的懲罰。

在這段為了「助人」而「學習」的歷程，開明和欽原的設計能力不像白澤那麼好，但靠著真誠的熱情和求知的專注，不斷在進步。每完成一個迷宮，開明就認真畫圖整理，仔細標註完工後的思索，希望有一天可以獨立作業。這些迷宮圖累積了一小疊，歸納出一點點規則，他就會帶著圖，到白澤精心布下的龐大莊園現場對照。九顆頭對準九個方位，透過視野的高低差分出層次，可以立體顯影，在圖面和實景間辨識清楚，不僅確立迷宮原則、發展分歧細節，還能夠加強生活機能、發展出多元美感，為所有不同屬性的生靈，儲備更多可能，創造出真正自由快樂的神獸樂園。

2 迷宮修練

開明獸認真進行著「迷宮修練」，隨著實務進行，他對庭院莊園、花圃園藝愈來愈熟悉，也學會了因應各種地形山勢，壘石堆土，並且配合天候節氣，在小地方設計一些遮亭、水池，讓生活更方便，也注入一些小趣味。起初，開明和欽原只是很想「做一個好人」，日子過著過著，他才發現，一生以「愛」和「美」為使命的小紅星真聰明，能夠愛，就可以讓生活變暖，讓每一天變得更有滋味。

以前覺得藍玉、彩葉、星星樹很美，現在接觸了更多人、嘗試了更多事，才感受到，有了很多小地方的相互成全，才能真的讓平凡的日子變得更美。這時開明才懂得小紅星最後對他的叮嚀：「可以讓這個世界變漂亮，好開心……」，那是多麼美麗的願望啊！

開明獸真心希望自己，可以在生活中創造出更多「愛」和「美」。他在工作中累積了好多問題想問，可惜一直找不到白澤，不知道是白澤刻意在磨練他，想讓他自己想、自己解決？還是白澤本來就習慣自由，而隱形是他最自在的選擇？

以前常聽白澤說：「天道貴隱，大道至簡」，只有真正熟悉了不同角度的想法和做法，才能理解所謂祥瑞或妖異，只是各自迥異的觀點，只要彼此尊重、互不干擾，大家都可以過自己喜歡的人生。回想起很久很久以前，當黃帝集團即將統一天地時，白澤主動現身，運用「幻形術」放大幸福幻影，強調天地悠悠，每一種神靈仙魄都不斷在焠鍊和進化，受到誘惑時，更要懂得能夠堅持美好的信念，才不會迷失自己。這就是白澤對開明的訓練，要他透過知識讓自己更壯大，才能保護自己，守護更多人可以一起共存的幸福。

除非白澤自動現身，否則繞個三天三夜三個月，也找不出莊園入口。開明獸一直沒辦法突破白澤布下的迷宮，只能帶著圖，不斷到白澤莊園現場對照，反覆在思緒裡兜圈圈，再想辦法打掉重練，一次又一次從不同方向出發，只要比前一天好上一點點，他就開心得搖頭晃腦，思緒跟著也跳起舞來。

「你這九頭舞，打哪學來的啊？」有一天，突然冒出一個孩子，帶著點淘氣丟出疑問：「是夏后啟到天上作客時記錄下來的天樂〈九辯〉嗎？還是〈九歌〉？或者是根據天樂自創的〈九招〉？」

「哎呀！夏后啟的那些音樂，都是祈天許願的歌舞。」開明一邊想著，這可是白澤的神祕莊園，有誰能夠隨意出入呢？一邊想看清楚到底是誰家孩子，努力說笑：「哪像我這九顆頭啊，可稀奇的哩！誰能隨便跳出九頭舞呢？」

一發現開明在注意自己，孩子很快就消失了，只剩下籠罩在朦朧白毛裡、隱隱約約露出的羊腳。咦？這個人臉羊身的孩子，到底是誰呢？後來，這孩子又出現好幾次，卻表現出兩種迥異的性格，有時好動調皮，有時沉靜的看著他畫圖、做筆記。慢慢的，開明發現，他們是兩個個性截然不同的雙胞胎，一個博學多聞，有點急躁，什麼都沒弄清楚之前就想試一試；一個行事溫緩，滿臉嚴肅，偶爾會一本正經的幫他修圖、勘訂錯誤，提出更多精闢的看法，奇特的是，這兩個孩子從來不曾一起出現過。

開明獸自認是崑崙山的「小管家」，得找出這兩個孩子的父母做一趟「家庭訪問」。他準備了溶穴藍染的玉蠶絲，因為淘氣的孩子倏忽來去、碰觸不得，決定在安靜的孩子專注修圖時，找到機會在他領間別上長絲線，藍彩細細延伸著，循著絲線，就可以找到他們的住處了吧？沒想到，看起來毫無所覺的孩子，慢慢拖著領口的藍彩玉蠶絲走遠之後，細絲線竟然溶進朦朧的白毛裡消失了。開明吃了一驚，這是白澤幻術吧？他們和白澤，到底有什麼關係呢？

開明問了幾次，孩子們都不說，他也放棄追問。日子反反覆覆，他習慣了有這兩個孩子在他身邊，無論是學習或工作，多了出很多樂趣。天真調皮的孩子話很多、盡惹事，常常讓他想著：英招小時候就是這個樣子吧？話很少的孩子，接手了開明畫圖和標註的工作，效率極高、嚴謹認真，簡直就是個小陸吾。腦子裡浮起英招和陸吾的舊事，讓他用另一種角度回望自己的童年，好像得到一個機會，重新長大，不再那麼任性，不再理所當然的只顧自己開心。

　　這些領略，讓他對兩個孩子多出一些耐心。有時候，他會呆呆盯著這兩個孩子，想像他們會不會像自己一樣，犯下不能彌補的大錯？很久很久以前的自己，是不是也這樣讓陸吾和英招對自己無止盡的憂慮著？

3 勇闖迷宮

白澤收養了好多孩子，無論靈力高低、年紀大小，他們自由在迷宮莊園裡摸索，過著最安心的簡單生活，幾乎不曾有人偷偷離開莊園，只有這兩個人面羊身的小小孩喜歡偷跑。

剛開始他們總是匆匆忙忙，還得留下一個戒護，約定在白澤發現時趕緊發出警報，深怕白澤發現了會生氣。至於生氣以後會發生什麼事，其實他們也不知道，因為白澤很少生氣。孩子們不想讓他失望，一直都很努力學習。

後來，他們在八卦型窗口聽到水晶警鈴，找到一面水晶鏡，才發現其實任何一個孩子離開莊園，水晶警鈴都會發出警報聲通知白澤。原來，白澤早就知道這兩兄弟偷溜好幾次了，卻不管制，隨他們出出入入。慢慢的，他們的膽子愈來愈大，待在莊園外的時間愈拉愈長，還常帶著許多莊園裡有趣的小物和開明分享，像是自己栽培的小花小樹、地裡的精靈異獸，還有他們找到可以用來裝飾或布陣的各種晶石彩玉，開明忍不住讚嘆：「你們真是最出色的迷宮小天才。」

只可惜，當開明和欽原鳥接受委託製作迷宮時，想起這兩個孩子的妙點子，偏偏都找不到人。他一直盼著讓這兩個孩子搭配欽原，擴大「神獸樂園」的團隊陣容。

為了找出他們住在哪哩，他深入白澤莊園，冒險打開「洞察萬物、預卜未來」按鍵，果然，豐沛的察覺力切開了白澤的幻術和精密設計的迷陣，岔出千絲萬縷的神祕躁動，強烈的靈力衝撞出來，開明一陣暈眩，知道大事不妙，眼角閃過微光，那是他最熟悉的五色石光暈！他心念一動，搶在昏迷前奮力撞向五色石後昏了過去。

「醒了！快醒了！」不知道過了多久，開明感覺眼皮跳了跳，耳朵邊傳來孩子們開心的笑聲。他奮力睜開眼皮，一對，一對，又一對，一對，一對，又一對，一對，一對，又一對，直到十八顆眼珠子轉了轉，掃過整個房間。四周空盪盪的，只看見一團又一團朦朧的浮雲和兩雙焦慮的眼睛，緊貼著他的臉看，終於，白澤從兩個孩子身後冒出頭：「醒來啦！你可真會闖禍，要不是女媧的五色石護住你，那麼強大的殺傷力，你應該醒不過來了，真不知道到時該怎麼向陸吾那傢伙交代？」

「師傅很擔心吧？我睡了多久？」開明獸揉了揉眉間，神思還有點渙散。淘氣的孩子一連聲報告：「快一個月了。」「你怎麼昏過去的？」「為什麼你可以睡這麼久？」「別擔心啦！我師傅通知你師傅了。」

「我把你昏過去時走過的那條路畫下來，以後你可要小心一點。」角落裡傳來細細的聲音，開明轉頭望向安靜的孩子，他難得說話，害羞的笑了笑，伸手指向轉角，開明順著他的手勢看去，煙氣中隱隱露出桌面，忍不住大叫一聲：「天哪！多可怕。這整座屋子，原來是個迷宮？」

「怕什麼怕？你也真大膽，就這樣闖了進來。都這麼大了，做事前怎麼都不先想一想？你不覺得，闖進來以前就應該先怕嗎？」白澤嘆一口氣：「算了，不罵你了。念在這兩個孩子近一個月來擔心害怕，總是擠在床邊搶著照顧你，你回家時，就帶上這兩個孩子，一起離開莊園。」

「什麼？」開明和兩個孩子同時大喊。孩子們都快哭了：「這就是我們的家，為什麼要離開？」

「是時候該出去歷練歷練啦！難道你們要一直躲在這裡？」白澤笑了，微瞇的眼睛帶著點不捨：「保護天地生民，本來就是山神的義務。」

「山神？」開明獸偏著頭有點好奇。白澤淡淡說：「這兩個孩子，是和『相柳』決戰時，協助英招的山神在犧牲前特意託給我的遺孤。雙胞胎的個性互補又依賴，淘氣的哥哥叫『吉羊ㄒㄧㄤˊ』，胡鬧起來沒完沒了，但只要了解他的個性，還算很好相處；弟弟『如意』看起來很安靜，一旦熟了，就會變得有點像管家婆，別嫌他囉嗦。」

說到這裡，他停下來，摸摸兩個孩子的頭，揉亂了他們的髮。吉羊在緊張中有點興奮，如意卻紅起眼眶。白澤狠下心轉過頭去，避開如意的眼神，繼續交代開明：「我一直都知道他們責任重大，這些年嚴加督促，他們也扎實的讀了點學問。你們也算有緣。這陣子，我一直在觀察你們互動，真的很不錯。以後，就要麻煩你接手當他們的監護人。」

「什麼監護人？我哪有能力啊？我還是個孩子耶！」開明獸大嚷起來，白澤當做沒聽到，轉過身叮嚀兩個孩子：「要聽話。離開莊園，做一個有用的人，以後，這裡將改變陣法，別再胡亂闖進來，免得受傷。」

「嗯，知道了。」吉羊和如意點了點頭，乖巧的轉向開明，恭敬的行了個禮：「請多多指教！」

躺了近一個月的開明獸，剛醒來頭有點昏，猛然聽到兩個孩子嫩嫩的脆聲，一副賴上自己的模樣，還有白澤不知道是高興，還是等著看好戲的笑聲，慌張中腦子裡只繞著：我還是個孩子啊！怎麼有能力當監護人呢？心裡一急，竟然又昏過去了。

4
孤兒莊園

開明獸昏昏沉沉的，一直不想醒來，腦子裡反覆繞著：我還只是個孩子啊，才不想當什麼監護人呢！但白澤可不會像女媧那樣溫柔的牽引著他的意識平靜下來，他反而伸出食指，用力點向開明獸正中那顆大頭的印堂穴，在兩眉之間猛然壓下力道，順時針揉個幾十圈後，再逆時針又揉過幾十圈，最後併起拇指和食指，用力捏起兩眉間的皮膚向上一拉，開明獸吃痛，「唉唷！」一聲醒了過來，驚奇的盯著白澤：「你想整死我啊？」

「這是印堂穴啊！安神定驚、寧心益智。瞧，不就把你叫醒了嗎？」白澤呵呵一笑。長年跟在白澤身邊的吉羊，認穴精準，很快拉了如意，擠到開明床邊，兩個人兩手在相互間隔的四顆頭上，捏起兩眉間的皮膚向上拉了幾十次：「是啊！還可以醒腦開竅、通經活絡，我們再加強一下。」

「痛，痛，痛！饒了我吧！我是你們的監護人啊！」開明獸九張嘴巴大張，哀哀大叫。如意很快縮手：「噢，對不起。監護人你好，請多多指教！」

「是啊！總算要當我們的監護人了，多多指教啊！」吉羊用力再拉了最後一次，笑說：「所以我們才要認真孝順你啊！來，再一次，這是為了疏風止痛……」

「啐(ㄘㄨㄟˋ)，一邊坐去。」開明揉著被抓到泛紅的幾個額頭，一邊慢慢坐起來，還是很苦惱的問白澤：「我還只是個孩子哩，怎麼當他們的監護人？尤其，你看吉羊那麼頑皮，我真的監得起、護得了嗎？」

「嗯，吉羊是有點孩子氣。我想想，自從收留了他們，雖然有些小問題，倒也輕鬆，不曾像陸吾那樣替你擔心過……」白澤慢條斯理的拖著尾音，眼看就要把他摘星星做星星樹的禍事扯出來了，開明獸立刻回應：「好，好，我當。行了吧！不過這就走啦？要不，離開前，帶我參觀一下白澤莊園，這總可以了吧？」

「那不行！」白澤還沒回答，如意已經先叫出聲，接著又紅著臉，不好意思的搔搔頭，垂首向「監護人」解釋：「這莊園看起來漂亮，其實是座孤兒院。師傅收留了好多孤兒，有神仙精靈、也有怒神異獸，有脾氣好的、也有脾氣差的，有些還是世仇，什麼個性都有。為了讓大家生活得更安全，師傅四處布下迷宮、結界，小心隔離，希望先讓大家放下心結，然後慢慢找到自己喜歡的生活。」

「我明白！你師傅喜歡說：『天道貴隱，大道至簡。』可是，為什麼這樣就不能參觀一下呢？」開明獸還是想不明白，忍不住搖了搖頭，擔心自己是不是變笨了？如意說：「莊園太大了，我們走過的範圍，師傅都要重設迷宮，我怕我們一走，少了兩個幫手，這樣大範圍的調整環境配置，他一個人會太累。」

「為什麼我們一走，這裡也要改變呢？」開明獸手一攤，奇怪的問：「我除了睡過這張床，哪裡都沒去過啊？」

「不是因為你。」吉羊笑一笑，不當一回事的說：「師傅是為了提防我。很小我就發現，師傅不只收容我們，也救了相柳的孩子。我一直想辦法要殺了他，我試過一百次，師傅就化解了一百零一次。但是，我不會輕易放棄，這不是為了自己報仇，而是為了提防更大的災難。想想看，相柳吞山，腥臭的血氣淹沒了多少人間生靈，要是相柳的兒子也繼承了邪惡的血脈，還會有多少人遭罪？為了多爭取一點點時間讓大家逃亡，我父移山以身餵食，抱必死的決心決戰到最後。我是他的兒子，一定要繼承他的精神，摧毀世間所有的邪惡！」

「你不可能摧毀還沒有發生的邪惡。只要我還活著，就不容許莊園出現血腥殺戮。」白澤笑得很溫柔，眼底卻帶著點深沉的悲傷。如意心一刺，緊握住師傅的手，看了眼高昂起頭、倔強咬住薄唇的吉羊，用嫩嫩的聲音，學著頂天立的男子漢許下諾言：「師傅放心，只要我還活著，就不會讓我哥沾上血腥殺戮。」

「別……別再說什麼血腥殺戮了，好嗎？」開明揉了揉眉間印堂，不知道為什麼，九顆頭都一起痛了起來。他看了眼白澤，稍稍明白為什麼他要吉羊、如意跟著自己離開。這片看起來繁華錦簇的桃花源，藏著吉羊的痛楚、如意的不安，和千萬年來白澤的努力與失望，以及他失望後又不得不繼續努力的奮鬥和掙扎。

這世界太大了，大到所有的事情都沒有標準答案，就好像他再努力也想不明白：陸吾九敗不勝和英招冰解相柳，誰比較偉大？黃帝用大一統威權減少衝突，和蚩尤容許活力豐沛的生靈自主，究竟哪一種生活方式比較幸福？

開明獸甩了甩他的九顆頭，髮絲漾著金色，深吸了一口氣，打起精神向如意招了招手：「圖給我，不是說把我昏過去前走的迷宮都畫好了嗎？我就趁這機會，好好請教你師傅，這傢伙可真難找，算是讓我上最後一堂課吧！」

5 平安陣法

白澤手一拂，桌面如在水面上滑行，瞬間挪近，圖在床邊展開。開明獸等不及圖平鋪，急急循著線，想找出自己走過的路，卻覺得記憶模糊，只留著稀薄的印象，怎麼都無法確定自己是從哪裡進來、又在哪裡昏倒？白澤笑了笑，接過圖，在幾個地方標出「生」、「傷」、「休」、「杜」、「景」、「死」、「驚」、「開」八個字，仔細講解奇門的八種變化。隨著他指尖滑過，簡單的圖樣岔出強烈躁動的靈力，開明獸腦子裡隱隱浮現年幼時，貿然打開「洞察萬物」按鍵後捲進去的時空混沌。

那時，他跟著女媧走出天地混戰，好像曾經瞥見和這些岔路配置非常相像的「八陣圖」。那是黃帝被蚩尤打敗後找到風后助戰，引出山川靈能來布的陣，瞬間讓星馳天旋、雷動山破，天地風雲就像龍一樣騰飛、像鳥一樣翱翔、像猛虎一樣張翼而進、像靈蛇一樣向敵而蟠……

以前覺得神祕莫測的力量，經過白澤對星相曆法和天文地理的整理和提醒，才發現這是一套預測時間和空間變化的嚴謹規則，可說是天文星象與地球磁場變化的應用科學，利用天時、地利和自然方位的變化來防守、攻擊、趨吉避凶。

開明獸邊聽邊想，很多時候喊了暫停、慢慢反芻，挑出想不通的幾個環節再認真請教。有時白澤會反覆說明，但大半時候吉羊和如意會岔出靈光異想，把一些小問題延伸得龐大又精密。開明聽得目瞪口呆，頭又痛了起來，到底誰來教教他，怎麼當天才兒童的監護人？白澤好像看透了他的恐懼，笑著揉開他緊皺的眉：「別擔心啦！這兩兄弟流淌著山神血脈，對山川星雷的敏銳感應，幾乎是本能。說到現實生活，他們很嫩，還是得樣樣都聽你的。」

「是……嗎？」開明獸還是很擔心，吉羊和如意卻一派輕鬆的說：「是啊！我們都聽你的。快說，我們要吃什麼？晚上該在哪裡吃飯呢？」

「就這裡吧！」開明一聽，立刻躺回床上，決定在白澤莊園再睡一晚。他要想清楚，接下來該拿這兩個小傢伙怎麼辦？吉羊帶了晚餐，如意準備了一疊書和圖相互參照，兩兄弟就在開明獸床邊吱吱喳喳聊起，黃帝後來按井字形布局改造「八陣圖」，訓練講究軍事策略、精擅團體包抄的「五井陣法」，還搖醒開明，跟他炫耀著：「這個『八陣圖』，我們可以逐步拆解成簡單的『三元陣』、『四海陣』，還原『五井陣』，也可以延伸成更複雜的『六霜陣』、『七巧陣』唷！」

「聽起來都滿可怕的。」開明被這兩個小子搖得精神渙散，終於心不甘情不願的爬了起來，揉著眼睛問：「可不可以發明一種很美、很溫暖的平安陣法啊？」

「哇！」兩個孩子回頭一看，開明獸半伏半趴，有的頭醒了、有的頭沒醒，有的醒了一半，有的頭半垂著像沒了生命，有的還躺在枕頭上睡得很香甜……，那麼多個頭，用各種扭曲的姿態掛在他身上，吉羊和如意再怎麼聰明，終歸還是怕黑又怕鬼的孩子，全都尖叫起來，一邊逃跑一邊喊：「最可怕的是你啊！」

兩個孩子爭相逃走後，開明很快又倒下，這下子，總該能睡個安穩又香甜的好覺了吧？誰知道，沒多久他又夢見兩個孩子跟著他回家，吉羊故意叫他「大叔」，而如意總是恭恭敬敬的叫他「監護人」，一左一右一聲一句，不斷反覆著。他大大受到驚嚇，這一醒，竟整夜都睡不著，滿腦子只頭疼著：到底該讓他們叫他什麼呢？

「開明，開明！」天還沒亮，兩個小傢伙開心的闖進房間，端了盤漂亮的彩色晶球：「快看！這是我們連夜完成的『七星平安陣』。你不是想要個平安陣法嗎？我們把黃水晶、白水晶、黑玉髓、紅玉髓、粉晶和螢石順時鐘方向排列，居中的主石必須和六顆晶球形成倍數關係，搭配環境和必須解決的問題，選出主色。喏，送給你！你可以移動晶座，但不能移動晶球唷！」

開明獸揉揉眼睛，想分散注意力，忍不住又吸了吸鼻子，有點感動。怎麼這世間忽然就多了兩個小傢伙，就因他說了什麼，這樣連夜趕工，只為逗他開心呢？回想起自己小時候，也曾經處處想討陸吾和英招歡喜，沒大沒小的「陸吾」、「英招」亂叫，有時候又故意一本正經的叫「大總管」、「英招哥哥」，一直到長大後，聽過好多渾沌時期天地間的混戰，由衷敬佩起這些前行英雄，才真心認了「師傅」和「英招叔叔」。

好吧！如果有一天，有人叫他「開明大叔」，他也認了！帶著吉羊、如意回家以前，開明下定決心，要讓吉羊忘了戰爭仇痛，讓如意自在生活，他們要一起運用平安陣法，讓崑崙山每個生靈，都過上太平日子。

6 吉羊如意

遠遠的，開明看著回家的方向，有點迷惑：那是自己住的深藍溶穴嗎？怎麼變得那麼熱鬧？他放慢腳步，四面張望一下，連吉羊都感受到他的不安，忍不住問：「近一個月沒回家，該不會找不到路了吧？」

「怎麼可能？」開明拉高聲音，誇張的回應，卻還是覺得很奇怪。他住在僻遠南荒，小斷崖隔離邊界，這裡不可能這麼熱鬧啊！他還在胡亂猜測時，「青鳥」已經飛過來嘮叨一大串：「小開明回來啦！天哪，真不敢相信你竟然昏睡一個月？連英招都驚動了，這個月跑了兩趟崑崙山；大總管表面不說，心裡急死啦！欽原這傢伙沒事做，閒了一整個月悶得慌，早等著和你面談，準備迷宮開工，瞧，那一大群都是他帶來的新客戶，還有那些對新生活非常滿意的舊客戶，也急著要來探望你。真沒想到啊！你的『神獸樂園』計畫，真的大受歡迎耶！啊，對了，差點忘了正事，我是替藍衣仙子來傳話給你的，她有事找你。」

「藍衣仙子？」開明獸一聽，整個人都僵了，囁囁嚅嚅反問：「該不會是西王母找我吧？」

「怎麼可能！西王母找你這種小咖幹麼？」青鳥吐槽：「除非你又闖禍了，要不然，她有事當然會直接找大總管。」

開明獸看了看遠方人潮，雖然不喜歡，還是比現在就去面對藍衣仙子輕鬆。整座崑崙山，他最怕見藍衣仙子。

摘了一千零兩顆星星後，西王母對他失望、英招生氣，陸吾又憐又惜，還有好多愛他疼他的神仙精靈，總留有一些溫暖的小角落，容他逃避現實；只有冷冰冰的藍衣仙子，像一面鏡子，讓他無所遁逃的看見心裡的陰暗和醜陋，像個殺人魔，連自己都討厭。他別過頭去，訥訥說：「我先回家一趟吧！離得太久，不知道有什麼事，我先回去看看。」

「可以啊！我就傳個話，你要記得唷！再見啦！」青鳥揮起羽翼，很快飛遠。開明獸呆呆盯著她的背影，直到吉羊拍了他：「嘿，醒醒，想什麼呢？」

「噢，我想的事可多著呢！沒看見屋裡屋外擠滿了人，我忙得很啊！」開明獸回到家，先和仙靈們寒暄，又讓吉羊去協助新客戶整理必要的生活機能，並由欽原提出意見，如意畫圖。新迷宮的規畫，多了這兩個聰明能幹的小幫手，效率大為提高。

好不容易等到人群都散了，吉羊和如意才終於褪下朦朧幻術，抬高了羊腳放鬆一下，欽原一看，驚嘆：「這兩個小孩該不會是羊精吧？那不就和『土螻』同族嗎？我怎麼就不覺得土螻這麼聰明呢？」

「什麼羊精，沒見識，我們是小山神。」吉羊從行囊中翻出一幅卷軸，得意洋洋的攤開，在會客室找了個喜歡的牆面掛起來。大家一看，畫的內容很簡單：幾筆墨色勾出羊的神態，還寫了兩個大大的字：「吉羊」。他對著畫自我介紹：「這就是我的名字，吉羊。很多人以為我叫『吉祥』，加了個示字邊的那個『祥』，其實不是；『羊』才是『祥』的本字，只有羊的恭順和美，才代表真正的吉祥如意。人面羊身，就是西山山系第三山脈的山神特徵，我們是太平盛世的象徵。」

「西山山系？第三山脈？」欽原重覆了一遍又問：「不就是我們這裡嗎？」

「是啊！沒想到大蜜蜂也有點頭腦。」吉羊剛交新朋友，忍不住刺了他一下。沒想到，欽原脾氣好，也不計較自己是鳥還是蜜蜂，倒是如意尷尬的笑了笑，捏了下吉羊，讓他別亂說話。

吉羊繼續解說，遍布在東南西北、海外大荒的各地山神，都必須具備強大的威猛戰力和負載生民逃亡的驚人速度，無論是人面龍身神、人面牛身神、人面彘(ㄓˋ)身神，或者是龍首人身神、龍首鳥身神、龍首馬身神，甚至是變形得更獨特的馬首龍身神、鳥首龍身神、彘身八足蛇神……，全都靈力豐沛、可攻可守，祭祀時也常以豬羊雞犬、精選稻米美酒和美玉為主，以豐富體能、儲備活力。

吉羊停下來喝了口水，欽原急著追問：「那我們西山的神，為什麼會是這麼溫和的人面羊身呢？」

「西山第一條山脈和第四條山脈，山神無形，接受羊和白雞獻祭；第二條山脈，有人面馬身神，祭祀時要用彩色公雞，也有人面牛身神，祭豬羊。」吉羊接著說：「只有崑崙山所在的第三條山脈，二十二座山、連綿六千七百四十四里，因為天神群聚，還有天帝和西王母鎮守，沒有那麼多戰鬥需要，所以全都是人面羊身神。」

「然後呢？山神接受什麼祭拜啊？」欽原想著，說不定可以加入迷宮設計，增加更多趣味。講到這裡，不知道是因為驕傲還是感傷，吉羊停了半晌，語氣變得很蕭索：「祭祀典禮只需要埋下一塊美玉，敬神如玉。我們這些山神啊！是太乾淨了？還是太軟弱呢？」

如意靠近他，握著他的手，輕輕拍了拍。開明獸看著那兩雙疊在一起的手微微顫抖，忍不住靠了過去，抱抱這兩兄弟。他不知道他們經歷了什麼，但是，他確定愛可以修復一切。什麼都不知道的欽原只想要湊熱鬧，跟著也衝過來：「我也要，我要抱抱！」

「小心一點！」開明大叫：「你的刺有毒，要是刺到我們，大家就完蛋啦！」

7 守護幸福

開明在規畫「神獸樂園」計畫時，除了找欽原合作「園藝迷宮」，同時也拜託欽原的好友，四角神羊土螻吞下「沙棠」果實，讓他的身體產生變異，踏水不溺，才能跨出弱水，到崑崙山外巡邏，剷除惡人，把沒地方躲的小生靈接回崑崙山，為大家創造安穩活下來的機會。

這真的是一段漫長辛苦的旅程，好多人都以為，這一別至少得歷經十幾年後才能再相見。沒想到，土螻突然回來了，欽原開心的大叫：「回來啦！太棒了，有新朋友要介紹給你唷！也是羊族，但不像你能長出四支角，他們沒長角，一支都沒有。」

他認為這個笑點很好笑，搶先嗡嗡哈哈的笑了起來，不過土螻沒有笑，只一本正經的說：「別鬧，有怪事，快去通知開明獸，我們要開個會。」

大家剛坐定，就看見土螻準備了一個大盤，並從他的「微縮玉葫蘆」中，倒出幾條「蛇」。啊，不是，隨著這幾條蛇接觸到空氣後，慢慢變大，才發現是一個又一個小蛇人！蛇身被土螻切開研究，他們沒有眼瞼，眼睛還張得大大的，好像對世界還帶著幾分不滿。

土螻回顧跨過弱水後看見的荒涼土地，還是覺得膽戰心驚，沿著水域，幾乎都被這種小蛇人盤據，他們相互呼應，驅趕著人們像奴隸般為他們服務，時而還以人做食物，使人們生活艱苦，食物匱乏。

土螻憤恨的說：「我氣不過，狠命用四支角拼命撞過去，大部分的人都怕我的毒角，他們卻不受影響。我便抓了幾個小蛇人切開檢查，竟然在血液裡聞到不死藥的味道。這真不得了！不死藥可是人間禁忌。我才連忙趕回來，得盡快向大總管報告。」

開明拿起小蛇人仔細研究，隱隱約約從乾涸的血色中，聞到熟悉的味道。他閉上眼，想了很久，始終想不出來到底在哪裡聞過？就這樣無意識的把小蛇人攤放在掌心裡，一邊聽大家

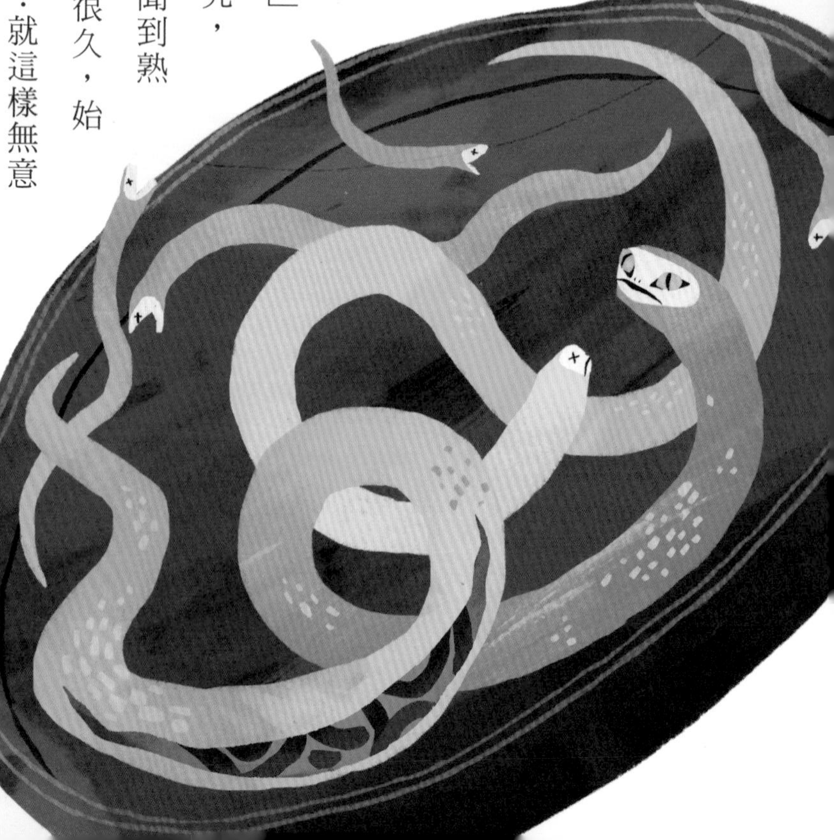

八卦著：「不死藥到底是怎麼流向人間的？」「這得立刻向陸吾報告。」這時，他接收到一股從遙遠的北方傳遞過來的熟悉氣流，嗯，沒錯，是燭龍！他想起來了，這血味裡湧著燭龍那種陰暗中緩緩悶燒的溫暖。

在開明來不及做出任何反應前，燭龍的聲音遠遠的、又好像貼在他耳邊響起：「這小蛇人在哪裡找到的？我懷疑，那是我的孩子『窫窳』魂魄的化身。」

「怎麼會這樣呢？」他和燭龍的意識同時共振，猜想著這其中可能藏著不曾揭開的祕密。

如果向上呈報，小蛇人作惡人間，不死藥又

是禁忌，一定很快就會被「全面摧毀」，那麼，小蛇人和燭龍之間到底存在著什麼關係，永遠都查不出來了。開明站起身，神情有點倔強，帶著點挑戰天規的堅決，沉聲說：「給我一點時間，最遲三天，等我查清楚後，再向大總管報告。」

如意看著開明，有點擔心，總覺得有什麼危險的事情要發生了，就跟父神一樣。夜裡，他避開哥哥來找開明獸，和他分享藏在心裡的祕密：他知道父神命他們母子逃亡時，哥哥繞了回去，親眼看著父神捨身跳進相柳嘴裡，以必死的決心糾纏到最後，屬於他們的山，也隨著父神一起送進相柳肚腹中，化成晦暗的腥氣。父神離世的那一瞬間，讓哥哥對「山神」這個職業，又恨又敬，他曾經以當一個「偉大的山神」為志業，只可惜，再也沒有任何一座山等著他們回去，看著哥哥日日夜夜研究山神的紀錄，到最後，他已經分不出那是憤怒還是傷痛。

「我知道你心裡有個計畫，只是在執行之前，你不會告訴我們。」如意難過的說：「我只是想求你不要丟下我們。相柳在極北作亂時，父神本來安穩的守在西山，天帝、帝江和西王母都在這裡，大家都不認為西山會受侵吞，只有父神擔心，天下不安，沒人可以倖存。他在英招出任務時，決心挺身而出，那時候，他怎麼不想想母神和我們呢？西山山脈在紀錄裡，一向都有二十三座山，可是，實際算起來，崑崙以東七座、崑崙以西十四座，怎麼數都只有二十二座，你知道為什麼嗎？那是因為在樂遊山越西四百里後，那一片綿延兩百里的流沙，就是我們母神在父神離開後，盤旋在我們的家園，日以繼夜流下來的眼淚啊！」

「別再說了！不准你這麼懦弱！」吉羊忽然走了進來，雖然聲音清嫩，還是堅定的向開明許諾：「你想做什麼，就安心去做。無論任何事情發生，我都會好好照顧弟弟，繼續把你的『神獸樂園』計畫發揚光大。放心吧！我們比你聰明，一定會做得比你更好。」

「那怎麼行？『神獸樂園』不是我的計畫，是我們的計畫，我們當然要一起做得更好。不過……」開明獸狡猾的笑起來：「那誰來做你們兩個的監護人呢？」

他站起來，把兩兄弟摟進懷裡，想起白澤的願望：保護自己，守護更多人可以一起共存的幸福，忍不住向吉羊和如意保證：「你們別擔心，我可能會犯點小規、鬧些小革命，不過，我答應一定會好好活著，絕不輕言犧牲。我們在一起，還有好多事值得做！別忘了，像我這麼厲害，像你們這麼聰明，我們可以創造出一個新時代，讓大家選擇自己喜歡的方式，安居樂業。」

不死藥的祕密

1 不可能的任務

土螻從弱水邊帶回會吃人的小蛇人，飄散在小蛇人血液裡的不死藥味道，是人間禁忌。開明獸從燭龍的感應中，確認這些小蛇人正來自他的兒子，窫窳的魂魄。深怕小蛇人被「全面摧毀」，他計畫趁陸吾發現前找出真相，想辦法搶救燭龍的血脈。

不過，陸吾有超強的偵測神能，開明獸再小心隱瞞，也撐不過三天。如意非常擔心，便趁深夜來找開明，怕他怒犯天條，不知道會掀起什麼樣的風波？

「別怕，我們可以找白澤幫忙。」開明盯著如意的眼睛，非常堅定：「你們初離莊園，他一定不太放心。如果你真的為我擔心，就趕快找他過來。」

「可是……，他給我們的幻玉，只能用一次耶！他交代過，只有在萬不得已的時候才能用。」如意很苦惱，不知道現在算不算是萬不得已的時候？

吉羊則很乾脆，拿出幻玉一口吞下，過一會，一縷紅色煙氣就從他的頭頂百會穴中冒出。煙氣慢慢擴散、放大，流曳落地後慢慢褪白，接著幻變成形，從毛茸茸的朦朧霧色中冒出白澤。他瞪著吉羊，有點不高興的問：「隨便就用掉保命的幻玉，你在想什麼？」

「哎呀，別這樣嘛！你不是叫我們要聽監護人的話嗎？」吉羊聳聳肩笑，手往開明一指：「我這是不得已的嘛！誰敢違逆監護人的命令啊？」

「你會這麼聽話？誰信！」白澤瞪了他一眼，轉向開明問：「你又想闖什麼禍啦？」

開明獸笑了，只要白澤出現，事情就算成功一半啦！相熟多年，他知道白澤一直相信天生萬物，各有出路，反對絕對權威，更不樂見懲罰和滅絕。白澤莊園這麼神祕，多半也因為他藏了太多早該滅絕的孤兒，這些孤兒因應不同的種屬天性，各有絕學，長大後又和他一起改進莊園的守護模式，莊園於是慢慢成為崑崙山的避難所。

這麼隱密的勢力，很可能會激怒講究大一統的天帝，幸好有陸吾和西王母協助，總是若有似無的抹去白澤活動的痕跡，並且默許小開明黏著白澤學習，因為，簡單幸福，是他們共同期待的太平歲月。

開明透過園藝迷宮開始打造神獸樂園，在天帝眼中，不過就是孩子氣的小打小鬧，不過，陸吾知道，這只是起點，未來還有更多可能。比起無知的小開明，他看過更多殺戮戰爭，更希望開創出一個安居樂業的新時代，讓崑崙山成為幸福安定的神獸樂園。

白澤則像是孤兒學校校長，在大總管半鬆半緊的容忍中，竭盡所能訓練孩子們獨立成熟，各盡長才守護難得的和平。看著小開明一路走來的熱誠付出，他嘴上不說，但心裡總有點小小的驕傲，才捨得放手，讓吉羊和如意跟著開明去摸索。

不過，不死藥是禁忌，可能會引起天帝注意，開明想為燭龍保住小蛇人，應該超越了陸吾和西王母的容忍底線，說不定還會影響到白澤莊園的安全。

「到底要不要幫忙呢？」白澤想了想，點出開明必須往東找出巫谷，才能深入調查不死藥的祕密。

開明獸奇怪的問：「巫谷就在我家東邊？不會吧？在我打算長住

以前，曾打開『洞察萬物、預卜未來』鍵檢查過，附近沒看見什麼巫谷啊？」

白澤解釋，巫族很神祕。大巫師「巫咸」率領的「靈山十巫」，精於醫卜，擔任過伏羲、神農、軒轅黃帝和堯帝四代古帝王的巫師，統治巫界數千年。而靈山匯集天地精華，不僅藏有各種神藥，還成功於此煉出「不死藥」，連神農最後也以靈山當做主要藥材採集地。後來，在戰爭最慘烈的「天荒時期」，「巫彭」決意出谷，深入民間救死扶傷，遇到幾個志同道合的夥伴，深受天帝和西王母信任，在崑崙山形成另一個著名的巫醫團，就住在開明深藍溶穴的東邊鄰谷。

吉羊讚嘆：「哇，開明要出名了！我們就叫他們『開明六巫』好了！又開又明，聽起來比靈山十巫還厲害！」

「他們這麼厲害，我怎麼找得到？」開明一問，白澤有點尷尬，不好意思的轉身對如意說：「你比較堅忍，不像吉羊那麼怕痛，所以，當開明找到巫力線索時，你就吞下幻玉，我會讓你受重傷，在接近死亡邊界時，希望有人出來救你，因為，巫谷必須保持潔淨，不能沾死氣。」

「希望有人出來？那就是不一定囉！」如意憂蹙著眉。白澤不敢確定，只能轉向開明：「接下來就是你的工作了。最可能出谷救人的，應該是『巫相』。巫族命名，多半都以專長為主，『相』就代表靈視巫力，他的年紀最小、警覺性高，一向負責為外聯繫。不過，巫族的事外人知道的不多，如何在這一、兩天之內說服巫相、找到線索，就要靠你自己了。」

「啊，這怎麼可能？」這下子，連開明獸都愁眉苦臉了。他曾經被燭龍囑託到崑崙山南坡看看鼓，覺得這父子倆挺可憐；後來知道黃帝的部下「貳負」和「危」，殺了燭龍的另一個兒子窫窳，黃帝怕燭龍傷心，趕緊命巫醫餵食不死藥讓窫窳復活。沒想到，窫窳卻化為食人怪獸，又被「后羿」的神箭射死了。

這些往事，都太悲摧了，所以，一聽燭龍說小蛇人是窫窳魂魄，他腦子一熱就想救人，現在一想，怎麼看都是不可能的任務啊！

2 極北冰穴變暖了

開明獸想悄悄離開崑崙山，越過弱水去調查小蛇人的不死藥真相，可是，該如何瞞過陸吾的偵測呢？特別趕來幫忙的白澤，想了想，分別從開明的九顆頭上，拔下一縷頭毛，等距離的接在吉羊身上，讓吉羊幻生出九顆開明頭，讓他在接下來的三天喬裝成開明，和欽原、土螻一起監管崑崙山上的迷宮工程。因為吉羊的任性和衝動和開明獸極為相像，三天內不至於被發現。

接著，他吩咐如意，以開明住的深藍洞穴為中心，仔細繪製地圖，想辦法縮小尋找巫谷的範圍。最後，白澤緊抓著開明，盯住他的眼睛，緩著聲音慢慢說：「看著我，我要帶著你的意識騰升，送你到極北，如果想找出任何線索，就得從燭龍開始。來……，慢慢來，去！」

白澤手勁一推，開明的意識騰身飛起，越過千山、跨過海洋，直落在極北冰河之間。好冷！他縮起身子，遠遠的，看見一點點火光閃了閃，本能的飛撲過去，剛好對上燭龍半闔的眼睛。燭龍的眼睛不是並生，而是上下排列的：上面是代表太陽的「陽眼」，睜眼時天地光明，閉眼就地暗天昏；下面是代表月亮的「陰眼」，連通地獄，足以照亮九層陰界，因此幽闇界尊稱他是「燭九陰」。

現在，開明就泡在這雙兜攏日月的半開眼光裡，暖暖的，有一種從遠古慢慢延續下來的靜謐渾厚，讓人定心鎮魂。他眨了眨眼睛，真的見到燭龍了耶！心裡一高興，忍不住向前一抱，竟然撲了個空，直接穿過燭龍的身體，讓他驚詫極了：「怎麼回事？我死了嗎？」

「你只是意識被送了過來，身體還留在崑崙山。」燭龍一說，開明獸更驚奇了：「但為何我會覺得這麼真實！」

「這就是白澤驚人的幻術。」燭龍幾次透過意識混流，和開明獸心智共振，他強大的力量，像澎湃的巨流河通過一條淺淺的小溝，為開明灌注了靈能豐沛的魂魄，主宰了開明的呼吸聲息。

燭龍不曾看過開明獸單獨存在的樣子，一下子很難接受，原來開明還是個孩子？只見開明獸只張著好奇的眼睛，彷彿一點都沒聽懂，他只好繼續解釋：「他的幻術能夠擬真，即使不具戰鬥力，還是可以在天地混戰時，遊說、止戰、收養遺孤，畢竟沒人知道他們看見的是真的還是假的。」

「既然擬真，為什麼我不能抱抱你呢？」開明獸覺得自己和燭龍認識好久了，忍不住還是想抱抱。燭龍在極北寂凍裡度過千萬年，兩個孩子死得又早，心情孤寒已久，從來不曾有人這樣跟他對話。他一時不知道如何回應，隔一會才說：「我的氣息是盤古遺留的天地真元，碰觸到任何幻術，幻術就會消融無形。」

「哇，好厲害啊！」開明獸意識裡早就充盈著燭龍氣息，他們之間本來就帶著像血親般的連繫，他就像個小孫子喜歡爺爺一樣，本能的站在他身邊充滿稚氣的提出抗議：「那你怎麼不把黃帝打垮呢？還讓他殺了你兩個兒子？」

燭龍神情淡然，沒有回應。開明迭經奇遇，身上帶著他和女媧的遠古氣息，總有一天會靠自己想清楚，群星運行，天地牽引，看起來細潤無聲，其實都帶著磅礡無盡的力量，一丁點細微變化，都會破壞亙古不變的軌跡，造成難以想像的變異。

天地初成時，他們這些遠古神，總想著「多做一點點」，總希望找出問題，盡量彌補。可惜，總因一些難以察覺的小偏差，引出驚天動地的大災難，愈插手就愈複雜。到最後，大家立了血誓，不再干預天人更迭，最後伏羲、神農、女媧……，全都遠遁太虛，自顧自享福去了。

燭龍懶懶的翻了個身。唉，現在只剩下他鎮守在極北，維持著白日和暗夜、光明和黑暗的平衡。他身上同時帶有死亡和復甦的力量，只能靜靜注入時間長河，用漫長的歲月緩和驚天駭地的動能。因為活得太久太久了，有時就算想起鼓、想起窫窳，無論悲傷或歡喜，也都慢慢變淡了，只剩下單純的信念，在冰和火之間，安安靜靜的看著天人神靈全都活得好好的，就這樣不喜不悲的睡了千萬年。

這陣子，不知道是不是因為和開明獸意識混流的關係，他的感情躁動，思緒起伏變多了。那天一聞到窫窳的血味，那熟悉的魂魄，像一種甜甜暖暖的餌，勾起了他好多沉睡已久的感情，想起好多孩子們小時候的樣子。安靜無波的生活過久了，原來被封印在冰層底下的感情，因為開明獸闖入，鑿開冰層，讓光透下，攪拌著思念的溫度，讓冰冷的情感，慢慢增溫、慢慢融化。

燭龍發現自己竟然想知道這些小蛇人在哪裡。如果能夠，也想把這些孩子們接到極北，遠離人群。如果他們沒有機會為惡，是不是就可以重新擁有一段新生活？光這樣一想，就覺得這個長期蜷睡著的冰穴，變暖了。

3 尋找小蛇人

燭龍環抱起開明獸的意識，緩緩注入微光，微光中閃爍著渾厚氣息。這是他們的家族銘印，可以引導他找到具有相同血脈的小蛇人。接著，把他的意識送回身體裡。後來，開明獸在弱水邊醒來，非常驚奇：到底自己是怎麼離開崑崙山的呢？

他站起身，回望水岸波光粼粼，這就是「力不能勝芥」的弱水嗎？他很好奇，忍不住摘了片葉子往水裡一扔，葉子直沉下去，水面很快又恢復平靜，宛如剛剛那片葉子不過是眨了下眼睛的幻覺。他覺得很有趣，摘了另一片更輕更嫩的葉子準備再試一次，正要丟下時，聽到有嫩嫩的童音叫了聲：「別丟。」

他覺得很奇怪，東張西望，總算在一塊大石頭邊發現一點點暗灰色的衣角。他慢慢挪了過去，看見一個怯生生的小孩趴在石頭邊，眼睛盯著葉子吞了吞口水：「這麼嫩的葉子可以吃，丟了好可惜。」

「你想吃葉子？」開明獸好吃驚。孩子點點頭：「要不然，就沒其他東西可以吃了。」

開明四處望去，到處果然都光禿禿的，而眼前的孩子瘦得只剩下一層皮包著骨頭。真憾恨，早知道就邀他愛熱鬧的鄰居「視肉獸」一起下山來。

記得第一次遇見視肉時，他正學著整合迷宮陣法，離開家後，心不在焉的向北走，不小心撞到一團形狀像牛肝的肉，肉褶裡還翻出兩隻眼睛。開明獸嚇得大叫一聲，視肉大笑，顯然知道自己很容易嚇到別人，並且以此為樂。他熱情的鼓吹開明獸切開他的肉試吃，開明不敢，他就緊拉住開明衣袖，不讓他離開。開明脫不了身，情非得已，只好切下一小塊肉，視肉馬上又長出一塊和原來一模一樣的肉，回復原本完整的形狀。開明又嚇了一跳，而視肉開心得不得了，洋洋得意的炫耀：「我不怕被吃，也永遠割不完。你勒？就算你有再多的頭，割下來還能再長嗎？所以囉，我應該是崑崙山最厲害的神獸！」

「你就吹吧！一直被吃，到底有什麼好？」開明不懂視肉的邏輯，他卻更加得意：「告訴你啊！不死樹就是吃過我的肉，基因突變，從此變異出超強的再生能力，才能煉出不死藥。」

「笑死了，樹要怎麼吃肉？你就是愛吹牛。」想起視肉身上吃不完的肉，再對照眼前只能吃嫩葉的孩子，開明嘆一口氣，好想學會千里傳音啊！這樣就可以拜託和視肉一起住在玉樹森林裡的「彩鳳」和

「青鸞」載視肉下山，讓這孩子吃到飽。眼看他都快餓死了，開明心疼的問：「你叫什麼名字啊？可不可以告訴我，食物都到哪裡去了？」

「食物都送到龍大人那裡去了。我叫『小吉』。」孩子回答得很小聲，開明聽到「龍大人」，想起龍和蛇都有長長的身體，從口袋掏出小蛇人的乾屍問：「龍大人是不是長這樣？」

小吉嚇一大跳，立刻彈開，躲到石頭後面，驚慌的張大眼睛，全身發抖。開明不好意思，趕緊收起小蛇人，小心哄著：「別怕，別怕！這是假的。你見過龍大人嗎？知道哪裡可以找到他嗎？還是你可以帶我去你家？你們家有大人吧！我想問問看，哪裡可以找得到龍大人？」

「我不能回家。」小吉搖搖頭。開明不懂：「為什麼呢？你這麼小，怎麼能夠一個人待在外面呢？」

「龍大人喜歡吃小孩，媽媽叫我逃，逃得愈遠愈好。可是，外面還是有好多龍大人，哥哥和姊姊都被吃了，他們也叫我逃，我只好一直逃，一直逃，逃得我好餓啊！」小吉張大濕潤潤的眼睛，就要掉下淚來。

開明獸心好痛，原來離開了崑崙山，人間的日子這麼難熬，難怪土螻不忍繼續他的旅程。他想起很久以前，當窫窳日日在弱水邊吃人時，這些人躲在哪裡？崑崙山的神靈，又曾經為大家做了什麼呢？

為什麼燭龍那麼好的一個兒子，復活後會變成這樣？是不是不死藥出了問題？可不可能從小蛇人身上殘留的不死藥找出原因？想到這裡，開明精神一振，意識舒張開來，燭龍的神識跟著延展，四處探勘，很快捕捉到小蛇人的氣息。開明還不知道燭龍灌注給他的渾厚氣息，帶著強大的遠古神能，找到小蛇人時猛一使力，竟摧毀了整個蛇窩。

他心一跳，年幼時摘下星星的愧負感淹沒了意識，整個人都僵著了。幸好小蛇人四竄逃離，他們還活著！開明獸好開心，立刻回復神能，兜攏大家，像燭龍環抱著他的意識，他也環抱著一窩又一窩的小蛇人。因為人數眾多，血脈相應的力量愈來愈強大，燭龍殘留在他身上的神能，盤起一股旋風往極北送。沒多久，燭龍接收到了！上接天地的強大神能遞送回來，在虛空中切開引道，一窩又一窩的小蛇人，就這樣被接引到燭龍身邊。

開明神能耗盡，整個人癱了下來。不知道過了多久，躲在石頭邊的小吉找到他，拉了拉他的手。小吉掌心軟軟的，他的心跟著一軟，慢慢醒了過來。睜眼一看，躲在四處的人們，慢慢都回家了。大家要整理家園，還有漫長的路要走，幸好，生活安全了，人間已經沒有小蛇人了。

回到燭龍身邊的小蛇人，暫時不會被滅絕，只是極北凍寒，小蛇人吃不飽又睡不暖，燭龍乾脆先讓他們進入冬眠。接下來，開明得趕緊回崑崙山，找出巫谷，把不死藥的真相調查清楚。

4 回家的路

把一窩又一窩小蛇人送回極北後，開明獸心情一鬆，想重回崑崙山找出巫谷調查不死藥真相時，才發現自己沒有沙棠果實，越不過弱水。好慘啊！自己的意識騰飛到極北，靠的是白澤的幻術；意識送回身體後直接越過弱水，靠的也是燭龍的遠古神能。他現在只是個普通的小神獸，到底該怎麼回家呢？

他繞著弱水，一邊狂奔，一邊罵了陸吾幾千遍，氣他怎麼不給自己設計一雙翅膀？直到罵累了也跑累了，不得不攤開四肢躺在弱水邊，看著弱水之外，日夜不息，永遠在熊熊燃燒著的火焰山，慢慢體會：原來，夾在弱水和火焰山之間的這片荒寒狹土，生活這麼艱困，像一座逃不出去的監牢，也像一座任由邪靈惡獸為所欲為的樂園，難怪這麼容易變成窫窳、小蛇人，以及每一個時代，每個想要據地為王的野心家開始作亂的地方。

他站在更寬闊的立場理解，看守崑崙山的四個大門、五個通道，原來不只是為了應付外來的危機和挑戰，更重要的是，也要在這個神靈界連接人間的神祕轉口，提防各種靈、精、異獸，找到裂隙竄進人間。只要心存惡念，對人間就是一場又一場無止盡的折磨。他曾經發願奉獻一切，讓神界諸靈安心定居；現在覺得，守護迭遭苦難的人間，更是卸不下的沉重負擔。

這樣一想，自己責任重大，怎麼可以偷懶？他振作起來，開始檢討自己。原來，這麼漫長的時間，他就光在崑崙山瞎忙啊！遇到飢餓的孩子，明明可以商請視肉下山辦一場「吃到飽」盛宴，卻沒學會千里傳音；早知道自己沒有翅膀，為什麼不研究如何突破速度極限，學會飛行？

開明放慢速度，沿著崑崙山繞了弱水一大圈，尋找各種回家的可能。就這樣連續找了幾天，幾乎都快放棄了，只能絕望的躺在荒禿的河岸邊，腦子裡慢慢整理遠古傳說：那時，弱水兩岸鳥語花香，生活在岸上的人們衣食無憂、性情溫厚，所以當遇見了在追逐「火鼠」時意外闖過火焰山，四處流浪的窫窳，大家先被他的怪樣子嚇了一跳，從沒見過人臉、龍頭、牛身，還長了馬腳的人。沒多久，因為他的嚎叫很像嬰兒哭聲，引起了大家的關心和憐惜，人們便開始接手照顧他。

就這樣過了好些日子，卻不斷有村民失蹤。大家合力把沒有家的家的窫窳藏進森林，每天都有不同的人輪值為他送食物，直到他們發現，連送食物的人也都失蹤了，才慢慢把注意力轉向窫窳附近的林區，仔細探勘真相。沒想到，竟然就是窫窳吃人！人們嚇壞了，不斷竄逃，又不斷被吃。幸好，喜歡四處雲遊的西王母小女兒「婉娥」剛好經過這裡，她布下靈網，套住窫窳。人們看見兇獸被仙網帶走後，鬆了口氣，急著通知四處藏躲的親友：「仙女羅敷，災難解除，趕快回家吧！」

「羅敷」這兩個字，本來指的是仙網從天而降，窫窳無從逃走，才解除了人間的災難。沒想到傳來傳去，大家竟以為仙女的名字就叫做「羅敷」，還把「仙女羅敷」當做救命恩人敬拜。當這些神仙故事傳回崑崙山時，連西王母都忍不住笑問：「仙女羅敷啊！你說，該拿窫窳怎麼辦啊？」

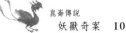

「窫窳是燭龍的兒子，神能強大，罰他到人間做點勞務，是不是就可以向人們贖罪？」婉娥本性善良，一直相信「能力愈強，責任愈大」，神能就是為了帶給大家幸福。西王母想了想：「就讓他每年春天施雨給老百姓，用心滋潤人間吧！」

婉娥的一片好意，反讓窫窳假借「施雨」天令，到人間搗亂，攪得渾水橫溢、水患無窮。人們在天色一暗時，看見窫窳裹進滾滾洪水，就驚慌失措的嚷：「快逃啊！洪水猛獸來了，洪水猛獸來了！」

總想為他留點餘地的婉娥，讓窫窳在人間惹出這麼大的災厄，被天帝懲處下凡同受「洪水猛獸」之苦。想到這裡，開明手撐著身邊荒土跳了起來，一下子充滿了希望：「啊，沒錯！我可以回家了！」

他記得，婉娥下凡後變成常人，天帝將她改名為「嫦娥」，並把靈力封印在弱水邊，等她歷劫人間、贖了罪業，就可以解除封印，重回天界。失去記憶和神能的嫦娥，性情還是像在天界一樣溫暖，她嫁給了神射英雄后羿，他們聯手除去窫窳。歷劫贖罪後，嫦娥慢慢恢復靈明，卻因為悲憐百姓災禍連年，決心留在人間，憑著記憶裡的一點點印象，指點后羿向西王母求取不死藥，他們要一起永生永世守護百姓。

后羿費盡心神，終於帶著不死藥回來，交給嫦娥保管，而後上山祭天謝神。他的學生「逢蒙」卻想趁機強搶不死藥，嫦娥深知逢蒙暴虐，若讓他得逞，日後定然又是個禍害。即使萬般捨不得后羿和她心愛的人間，還是吞下不死藥，飛天奔月。這個熱愛自由的小仙女，從此被關在小小的月宮，歷經千萬年。

開明拼命想著：婉娥來不及帶走的靈力，到底封印在哪裡？回家的路，會不會就藏在那裡呢？

5 時間搊曲

開明不斷想著：回家的路，到底在哪？忽然，一隻小小的手扯了扯他，一回頭，他看見小吉遞給他一片嫩葉，閃著亮亮的眼睛問：「餓不餓？你怎麼都沒吃東西？」

「啊，原來是這個。」他跳起身，急往弱水河岸衝，小吉跨起小小的步伐追在身後，直跑到那棵長著嫩葉的大樹邊。開明凝目遠望，九顆頭繞了個圈，檢視所有方向後，確認四野八荒只剩下這棵樹還能長出嫩葉，難怪小吉總是躲在這附近，因為這是唯一可以提供食物的地方。記得，燭龍送他離開崑崙山，他也是在這棵樹下醒來。

沒錯，他找到封印婉娥靈力的關鍵了！這棵樹，就是崑崙山和人間的轉接點，無論土地如何荒蕪，慈悲的靈力總能夠催生嫩葉，為人間留下一點點希望。

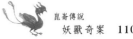

但到底該怎麼打開封印呢？開明抱住大樹，小吉又在身後抱住他，許許多多小吉的玩伴看了，覺得很好玩，又從這裡、那裡跑來，抱著開明獸、抱著小吉、抱著大樹。人愈來愈多，有點熱、有點癢，孩子們嘻嘻哈哈的笑聲也引出了大人，好久不曾聽到這麼多開心的笑聲，連他們都忍不住跑出來跟著抱抱。

開明閉上眼睛，身上不斷傳來溫暖的人氣，觀想著婉娥當年路過水岸，偶見妖獸吃人，撒下靈網帶回窫窳後，卻又讓他化成洪水猛獸，淹沒了這片淨土，心裡升起一種深邃的疼痛和愧疚，和他蜷伏在深藍溶穴裡傷心睡去的絕望感一樣。

慢慢的，昏暗中他聽到小紅星溫暖的呼喚，感受到自己跟著盤古、女媧強大渾厚的意識氣流，拉開強大封印，婉娥的遺憾和祈願，慢慢和開明合而為一，一點一點的鬆開纏縛，靈力四處流洩，光影爍動，一波一波湧向平野，所到之處，荒土抽出嫩芽、泛著微光，如一片彩虹華田。環抱在一起的大人和小孩全都鬆了懷抱，傻傻的看著天地間的變化，終於，有小小孩摘了嫩葉，輕脆的童音冒出來：「好好吃唷！」

「樹長出來了。」「花開了。」「我們得救了！」……就在這一片歡呼聲中，無論是大人和小孩，全都採了嫩葉，聞了又聞，慢慢塞進嘴哩，咀嚼著、哽咽著，一個又一個笑了又哭，哭了又笑，臉上的微笑和眼淚交雜不停。

開明騰飛起來，張起四肢，誇張的和大家說再見，小吉拼命抓住他的尾巴，捨不得讓他離開，可惜他的手很小，開明的獸毛又細又滑，很快就溜了下去，只剩下嫩嫩的聲音喊：「你會不會回來看我？」

開明原來一直擔心回不了家，眼看就要回家了，對著這些依戀他的人群，又湧出好多捨不得。他張望著弱水邊小小的人影時，一回頭，想起崑崙山的三天之約，忽然顫了一下，差點掉了下去。

糟糕，到底過了幾天了？怎麼辦？師傅發現小蛇人和不死藥了吧？他溜出崑崙山，定然已引起巨大風波，這下子，又要害師傅被圍剿了！

開明獸打起精神，在虛空中重整靈力，擔心得頭都痛了起來！拼起命來奮力狂飛，急急趕回家。一推開門，正在盤查資料的如意愣了一下：「怎麼就回來了？不是剛走嗎？」

「什麼意思？」開明傻了：「我在弱水邊耽擱很久很久了耶！難

道，陸吾師傅還沒發現我離開崑崙山？」

「當然。吉羊和欽原出門不到半個時辰耶！這麼快就被發現，他也太遜了吧？」如意才回答，想了想又問：「你覺得自己離開很久了嗎？」

「不是覺得，是真的！」開明揮著手勢，拼命強化語氣：「我找遍了弱水河岸，不知道過了多久才找到小蛇人，又得和燭龍一起把他們送到極北。沒想到，我沒有沙棠果，過不了弱水，又不知道過了多久才找到封印靈力，才能借力回家。你不知道，在半空中想起怒犯天條，我嚇得差點摔死了！」

「封印靈力？好酷啊！」如意想了想，好像聽師傅說過，燭龍是時間之神，有能力做出結界。他約略有點印象，又記得不太清楚，只好握起拳頭敲了敲太陽穴，好像要從記憶深處撞出答案。過一會，如意拿出一塊錦帕，摺出一個彎弧後，再把兩個分開點接在一起，慢慢推論：「說不定就是這樣。燭龍摺曲時間，像這塊布，當你離開崑崙山，他將時間推走到另一個時空，讓你安心在山下尋找小蛇人，直到你回到崑崙山，才接回這個正常的時間點，所以我才以為，你怎麼剛走又回來？」

「哇，好酷喔！」開明聽傻了，竟然有這種事？知識，真是種神祕的力量！如意笑得好開心：「太好了！我們還有整整三天的時間可以用。巫谷這麼神祕，不可能留下太多文字資料，我建議我們離開書房，直接往東去找。」

「嗯，走吧！我知道怎麼找到巫谷。」開明一說，如意好奇得不得了。他本來就是小山神，精於地土晶石，從小跟著白澤學習，變成「小知識控」，崇拜學問、重視規則又講究條理，跟著開明往東走時，拼命催他解釋，一刻都不能等。開明忍不住笑：「你就這麼想死？別忘了，找到巫谷，連你師傅都不敢確定人家會不會救你耶！」

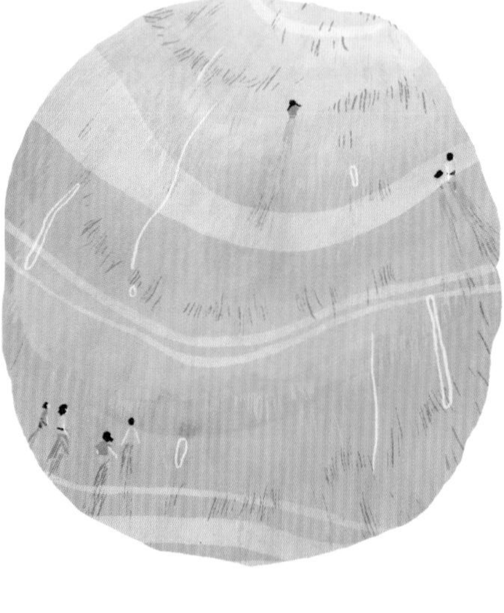

6 神祕巫谷

如意牽著開明的手，專心聽他是怎麼在弱水河岸找到回家的路：開明在山腳繞了幾圈，感受凡人地界如何仰望著崑崙神能，反芻燭龍和女媧的氣息，終於讀懂了天地間陰陽相生的本質，理解萬物盡枯，光只剩封印婉娥的那棵大樹還維持著一點點生機，這是「顯」；相反的，巫谷必得保持潔淨，不沾死氣，又要埋住生機，不引注意，就得「隱」。

我們看大自然生機勃勃，有極端的熱鬧，也有無從想像的寂滅，如果有一個地方，所有的花樹，從普通到最普通皆有，生活其間的蟲獸鳥魚，也從平常到太平常都存在，這就「不正常」了。開明笑了笑：「瞧，我們已經走到巫谷入口。」

「這裡？」如意四地張望，這裡真普通又平常，讓人毫無印象。他以為自己早已做好準備，沒想到，到了巫谷附近，還是很緊張。如意吞了吞口水，用力握了握開明的手才鬆開，盯著開明，借用一些勇氣，最後，用力深吸了一口氣，猛地吞下幻玉。白澤立刻麻醉他的意識，技巧性的切開動脈，造成致命的急性失血。如意血壓驟降，臉色死白，開明有點不忍，閉上眼，迅速藏進早已物色好的盤根樹洞，閉住呼吸。

時空安靜下來，開明原本準備接上燭龍的寂滅神識，卻只聽到如意迅速失血的無意識抽搐聲，他愈來愈著急，整個神識掛在如意身上。不久，他感受到如意心跳停止，眼看腦波也跟著要停下時，開明正想大叫，卻被一陣幻影打亂。一位少年憑空出現，迅速撈起如意，點住幾個穴位止血，注入靈能，延續他的生命。

忽然，少年感應到了陌生人的氣息而停下，他緩緩轉身，開明已經衝出樹洞，抓住他的手連聲道歉，慌得語無倫次：「老天啊！你再不出來，我真的不知道該怎麼辦了！對不起，謝謝你，啊，真的對不起，用這種方法找你，我是不得已的，那是我朋友，我剛真以為我要害死他了。謝謝，對不起，還有，真的謝謝你。」

少年微微一笑，不好意思的抽出手，剛剛急著救人，一時沒注意到樹洞裡有人。開明獸鎮定下來，走近到少年身邊，伸手遞向如意鼻下，嗯，確實還有呼吸。他鬆了口氣，完全忘了白澤吩咐他要想辦法向巫相套話，才能找出不死藥線索，只是反覆重複：「對不起，那是我朋友，有人告訴我，這樣可以找到巫相，我不知道這麼危險。謝謝你，也真的對不起。」

「我就是巫相。」少年有點意外。他的整張臉接近透明，陽光一照，幾乎可以穿透臉皮，讓人看得見臉顏底層的脈絡血管。開明獃一愣，一時說不出話，接著他痛打自己額頭，訥訥再重複一次：「啊，你就是巫相？」

巫相笑了起來，眉眼彎彎，多了點秀氣的靦腆。開明忽然發現，她的眼神明亮，唇色嫣紅，竟然是個女孩！忍不住又發了會呆，一會才不好意思的說：「原來是位小姊姊，沒想到連萬事通白澤都不知道你的性別。哈，真的謝謝你啊！」

「誰是你姊姊？」巫相抿了唇笑，很快又恢復一臉從容：「找我什麼事？」

「啊，對了，我帶了這個給你看看。」開明剛被如意嚇傻了，什

麼策略都來不及想，一下子就掏出小蛇人直接問：「你聞看看，這血液裡的異味，是不是你們煉製的不死藥？為什麼藥性會遺傳？還有啊，更奇怪的是，為什麼吃了不死藥會讓他們的性格改變？是不是藥本身出了什麼問題？」

「你想問的是窫窳吧？」巫相收起孩子氣的臉，接過小蛇人仔細研究。開明獸的直接，反而成了最有效的溝通，巫相的巫力極強、悟性特高，當年復活窫窳後的變化，也一直是她心中的結。按常理說，不死藥不可能改變個性，她探查了好久，一直找不出答案，現在更覺得奇怪了。她嚴肅的問：「你為什麼認為藥性會遺傳？」

「因為這些小蛇人都是窫窳的魂魄啊！他們在人間繁衍，無法遏止流動在血脈裡作惡的騷動。奇怪的是，土螻的毒角又殺不死他們，你說，這不就是不死藥的作用嗎？」開明有點靦腆，但還是勇敢的直視巫相：「不管你信不信，我的意識曾經和燭龍糾纏在一起，清楚接收過窫窳復活前所有的情緒和記憶。他本來是個活潑開朗的孩子，長大後承傳著燭龍的剛正不阿、勇敢、寬厚和善良，全心全意守護著天地仙靈，深受敬愛。這樣的人，為什麼復活後會到處吃人？藥性是不是出了問題？」

「是啊！到底為什麼呢？」巫相對窫窳復活後的變異，確實也覺得很疑惑，總擔心著，會不會是有人故意做生物實驗？可是，又不想懷疑這一群一起走過生死的夥伴。他們從人吃人的「天荒時期」開始便聚集在巫彭身邊，立志為救人而奮鬥。巫彭的決心和勇氣，澎澎如天地大鼓，無論在任何艱難時刻，總是能帶領大家突破困境。而「巫抵」習慣從陰暗面直視問題，和巫彭的光明燦爛，形成穩固周全的雙向思索，讓大家併肩走過各種難關。

中生代裡，「巫陽」是開朗的大姊姊，總領著人們多記恩、少記仇，珍惜美好；「巫凡」特別任勞任怨，像個模範勞工；「巫履」重視執行細節，如果一定要鎖定一個人，應該只有他有能力執行私密計畫，但是，她長期調查巫履，不得不被他的認真負責感動。

本來都打算放棄調查了。怎麼開明會剛好出現在這時候？如果從他的意識出發，聯繫起燭龍、窫窳到小蛇人的血脈變動，是不是就可以找到新的線索？

7 竊竊的祕密

巫相摘了片軟軟的巫雲，送如意回家後，把開明獸化成一片九頭虎小墜飾，戴在胸前，用心口血的巫熱，遮掉他的生人氣息，避開結界攔截，祕密的回到巫谷。

開明調查不死藥的期限，只剩兩天，他主動向巫相提議：「你畫張地圖給我，我拿小蛇人血液裡的不死藥，偷偷去試一試，看究竟和誰的氣味比較相應？」

「不可能。巫谷處處有結界，沒有巫力，寸步難行。」巫相搖搖頭，慢慢說著：「不死藥的提煉，如果真的是生物實驗，每次都會有不同氣味，窫窳復活的年代久遠，你又是個小獸，哪裡找得出來？」

「啊，那我不就白來了？」開明獸搔搔頭，看起來更傻了。巫相微微一笑，透明的臉顏多了點粉色，淡淡的說：「我們哪裡都不去。我的工作室有個祕密實驗，大家都很好奇，我可以向他們求援。不過，等一下你得安靜，別吵我，我得想辦法把漏洞做得複雜一點，才能讓他們一個一個分別久留。」

「哇，好辦法！」開明從認識白澤以來，一直對聰明人帶著天生的敬意，忍不住豎起大拇指，心裡深深惋惜，應該把如意那個小書呆夾帶進來才對。

就在他還在胡思亂想時，巫相聽到腳步聲，手一撈，開明獸又變成一片九頭虎小墜飾戴在她胸前，耳邊只聽到溫柔的聲音響起：「阿相回來啦？外邊是誰受傷了？」

「好奇的小山神，年紀很小，差點撐不過去。」巫相想要留下巫陽，又來不及布下實驗漏洞，只能隨意找個不相干的話題：「對了，你說，彭老可能答應讓我們離開巫谷嗎？」

「離開巫谷？你想去哪裡啊？」巫陽一笑，像金陽璀璨。

巫相一呆，忍不住想起：她們在天荒相遇時，巫陽經歷恐怖的血腥吞噬，記憶常在意志脆弱時化成夢魘，侵蝕她的靈力。她靠著一種倔強得不顧一切的絕然，總搶在救人第一線上，沒日沒夜的耗盡巫力後，常常在昏厥時回到人吃人的猙獰懼怖，得靠彭老封印她的意識，才能讓她好好休息。

曾經，大家都很擔心她，不過，抵老說，任何人都需要面對陰暗，只要消化了生命的晦暗痛楚，她會走向我們到不了的高度。確實！經過漫長的修練，巫陽成為中生代裡最傑出的神巫，彭老和抵老都有意讓她接班，只是，巫陽不喜歡出鋒頭，只想在第一線助人、救人，所以總是推說：「巫履更有領導能力，巫凡最認真，要不然，交給巫相，她的天分最高。」

這樣無求又溫暖的巫陽，當然不可能會用窫窳的不死藥做殘忍的生物實驗，不過，為了預防萬一，巫相還是認真在她身上探尋不死藥的氣息，想辦法從這些成分中，辨認著小蛇人身上那種隱微的吞噬惡意。

巫陽好像也感覺到巫相的探索，疑惑的看了看她，巫相歉意的說：「我感受到你有點累，就想檢測一下你的健康，對不起，我多事了。」

「別擔心。可能是這些天試種甜蜜樹，耗多了心神。我正想著如何用甜蜜果，為人們替換掉記憶裡的痛苦。」

巫相想起，巫陽的記憶裡確實有一些痛苦的碎片消失了。抵老總是憂心忡忡的協助她整合自己，強調人的記憶，沒有選擇和捨棄，只有全然接納；彭老卻說，有一些痛苦記憶，忘了也好。

巫相知道，天荒時期大家都背負了太多殘酷的生離死別，只因為自己年紀最小、看得很少，不像其他人的成長歷程，全都浸泡在人性的瘋狂扭曲中。

看著巫陽離開的背影，巫相有點心疼，忍不住嘆了口氣，卻聽到開明獸斬釘截鐵的聲音：「就是她！」

「怎麼可能？巫陽比我更不可能！她會這麼殘忍的做生物

實驗，我還寧願相信，那是我自己在夜夢中無法控制的惡意。」巫相根本不信。

開明從一片小墜飾落地變回原形，一本正經的說：「不是生物實驗，也不是不死藥，是夢魘。你知道我身上有燭龍的家族印記，並且可以感應小蛇人的血脈，對不對？我很確定，小蛇人身上的吞噬惡意，就是來自巫陽的意識，她腦子裡還依稀留著很多吞噬痕跡。我在想啊，很可能是窫窳甦醒時，感應到巫陽的懼怖混亂，根本沒有多想，一口氣就把她的夢魘全部抽走。他就是這麼溫暖的人啊！」

巫相傻了，意識在凍結了很久之後才慢慢活絡過來，開始一層一層解凍，並且合理推論：「所以，窫窳復活後，巫陽的夢魘消失了，徹底變得溫暖而燦爛；所以，彭老不得不說，痛苦的記憶，忘了也好；所以，窫窳會復活吃人，不是不死藥出問題，而是藏在血脈裡的夢魘！」

「所以，善良的窫窳回到極北，看了眼父親後，躲在草木不生的少咸山，拼盡最後神能，想把夢魘裡的吞噬惡意鎖進元神，沒想到，『天荒時期』的吃人夢魘太強大了，使他的元神爆開，裂解了窫窳的人首蛇身，變成什麼都不像的怪物，還增生出數不盡的小蛇人。」開明繼續「所以」下去。

巫相點了點頭，接著推論：「所以，他流浪到弱水邊，發現那裡人情純美，存了一點點善念，想著，說不定這些小蛇人也可以受到溫暖感召，溶化夢魘，日後可以過上幸福生活。」

「只是，他沒想到，他擁有的清明時間太短促了。」巫相好難過，「『天荒時期』消失已遠，疼痛卻無邊綿延，人間的罪孽，無論過了多久，永遠都躲不開。「一切都失控了，窫窳不知道自己會變成妖獸，開始吃人，更不知道小蛇人也會吃人。」

「原來，我們找到的，不是不死藥的祕密，是窫窳的祕密。」開明獸難過得掉下眼淚：「怎麼辦？窫窳是這麼好的人，我們到底該怎麼拯救小蛇人？」

溫暖的旅程

1 巫陽的追尋

在土螻帶回小蛇人以前，開明只知道是貳負和危聯手殺了窫窳，黃帝怕燭龍傷心，命巫醫用不死藥復活窫窳，沒想到他化成了食人怪獸，之後被后羿的神箭射死了。

當開明發現小蛇人是窫窳的魂魄化身時，為了燭龍，他決心追查真相，搶救小蛇人。這一路辛辛萬苦，終於在巫谷和巫相一起找出真相了，卻怎麼也想不到，自己會這麼悲傷！善良的窫窳復甦後，自願吸收巫陽的夢魘，拼盡他的神能和吞噬惡念對抗，還特地把增生的小蛇人送到弱水邊，希望他們幸福，最後卻因為封鎖元神失敗而使元神爆裂，變成了吃人怪物。開明獸大哭：「人生好難哪！怎麼會這樣呢？我們該怎麼辦？」

巫相愣愣盯住門口，說不出話，開明轉身一看，不知道從什麼時候開始，巫陽就站在那裡。她緊抿住薄薄的唇，臉色慘白，全身戰慄著。巫相別過頭去，不忍再看，卻能深刻感受到空氣裡彌漫著的疼痛和心碎。巫相想著：她什麼都聽到了，夢魘會復發嗎？要是昏厥了，該怎麼辦？要不要通知彭老？

就在巫陽滿腦子煩惱和混亂間，開明獸已經衝過去抱住她，像孩子看見大人似的求救：「大姊姊，窫窳好可憐哪！我們怎麼辦啊？」

巫陽一震，全身僵住。巫力和各種神能法術不同，神仙修練可以無中生有，巫術卻是一種永遠需要保持在專注狀態中的能量平衡。所以，巫谷裡的修練必須絕情斷欲，不但大家很少表現出感情，就算感應到別人的情緒起伏，也習慣像巫相一樣，轉過頭去，盡量不要觸及彼此的內在想法，以免失去平靜。現在，抱住自己的這個九頭小虎全身顫抖著，巫陽知道他需要她的堅強、她的引導，反而讓她覺得自己有事可以做，從剛聽到窫窳為她犧牲引起的強烈愧負和傷痛中，慢慢鎮定下來。

只是，她不曾經歷這樣強烈的需索，當然也不懂得該如何回應，甚至不知道該不該把開明獸拉開，只輕拍他的肩，冷靜的清理工作順序，開始提出計畫：「首先，我們必須解決小蛇人的吃人惡念；接著，向天庭報告窫窳與不死藥的真相；最後，是我自己想要確認的：貳負和危，為什麼要殺了窫窳？」

「嗯，我也想知道，我們一起去找真相。」開明獸安心靠在巫陽懷裡，希望能夠再多停留一下下，好像這一下下，就是意外的幸福。

他從小就被灌輸「警衛法則」，要「負責」、「低調」、「守護於無形」，要縮小自己、理解世界的寬闊。

無論學什麼、做什麼，陸吾都希望他要「自己想」，提醒他出生的宿命就是為了守護崑崙山；他在年幼時做了棵星星樹，還不知道錯在哪裡，他一直最喜歡的英招，忽然就不和他交往了；唯一疼著他、慣著他的西王母，變得高高在上，與他刻意隔了點距離；更不用說西王母娘娘身邊還有一個讓他想到就發抖的藍衣仙子；而他特別崇拜的白澤，卻塞了兩個孩子給他，讓他在來不及長大以前就得提早學會當監護人。認真算起來，真的讓他覺得很親密的長輩，只有燭龍，卻也在初相見的驚喜中發現，他就連抱燭龍一下都不能。

只有現在，在他最難過的時候，有人讓他抱抱；他不再需要「自己想」，很快就有人幫他整理好接下來該怎麼做，甚至，連她對旅程的計畫，也是他還沒想清楚、卻深深渴望的願望。他抱著巫陽，仰起頭，亮亮的眼睛看起來這麼快樂，真心真意對她說：「我決定了！從今以後，巫陽就是我最愛最愛的人。」

巫陽很少聽到這麼強烈直接的情意，慘白的臉慢慢紅潤起來，好像有一股暖流，慢慢注入她空蕩蕩的身體裡。她開始冷靜分析：也許，愛和支持也是一種巫術，付出和收穫、給予和擁有，應該也是一種能量平衡的關係。於是，她認真許諾：「嗯，我答應你，從今以後，你也會是我最愛最愛的人。」

開明獸開心的翻了幾個跟斗，手撐在地面上倒立著，九顆頭甩啊甩的，又詭異又可愛。巫陽笑了，巫相鬆了口氣，跟著也笑了起來。大家從無能為力的絕望中振作起來，巫相問：「我們從哪裡開始解決小蛇人的吃人惡念？」

「到崑崙山最高點，找到神鳥『離朱』，說服他送我們一些玉禾。只要吃了玉禾，永遠都不會餓，小蛇人再不會有吃人的罪孽。」

巫陽一說，巫相瞇起眼睛：「開明又不會飛，怎麼上崑崙山頂？」

「我帶他去。」巫陽很堅定。巫相愣了一下：「彭老會答應我們離開巫谷嗎？」

「彭老從來不曾規定我們不能離開巫谷，而是這麼多年來，我們不需要離開。」巫陽想了想，老實承認：「天荒期間，因為看過太多痛苦，我躲在巫谷，以為這樣就很幸福。現在知道了，我的安穩，是窫窳犧牲了生命送給我的。這次換我來守護他的魂魄，讓小蛇人得到最好的安置，直到能量守恆，才算盡了巫族的責任，也才能找到屬於我自己真正的平靜和幸福。」

2 崑崙山巔

開明平常在崑崙山裡奔跑，草長鷹飛、樹木環繞，只覺得生機盎然，跟著巫陽騰飛上升，他仰望上空，才發現崑崙山有多壯闊玄偉！懸在半天的空中花園，花繁色豔，圓直、陡峭的山體，神木林立、高不見頂，山勢拔起，看不見盡頭。他忍不住讚嘆：「你知道嗎？小時候我喜歡猜，山頂上應該有一棵大樹，樹枝綿延無盡，像一層又一層階梯，就這樣連到天庭去了。」

「確實有這麼一棵通往天庭的樹，叫做『建木』，長在崑崙山西側弱水邊。你平常可能注意不到，因為那棵樹的形狀像牛，稍稍一拉還會往下掉樹皮，看不出什麼了不起的地方。樹幹像紫色的刺榆，葉子像青色的網子，樹皮精緻的地方像冠帽上的纓帶，粗糙處像黃蛇皮，開的花是黑色的，結的果卻是黃色的，像欒樹的果實，可以說處處幻形，不常用的人不太容易辨識，只有天帝、神仙們可以輕易找到，在天界和人間來來回回，成為天梯。」巫陽解釋時，開明獸聽得好開心，覺得她懂得又多，回答得又詳細，可以說是從小到大他所遇到的第一個最認真、最仔細的專屬家教。

他急著和她分享：「你知道嗎？在弱水邊，人們常常在山腳下想像著崑崙顛峰。有人猜啊！那裡有一棵超級大的桃樹，春天桃花開的時候有仙女在跳舞，桃子成熟時，西王母就會辦宴會；還有啊！有人說山頂上是一棵超級超級大的大榕樹，像傘一樣可以替大家遮雨，只要上崑崙山，都不會淋到雨；最好玩的是，有一個小朋友叫小吉，總是希望有天可以爬到崑崙山上，因為他聽說，山頂上有一棵許願樹，只要很乖，所有的願望都會實現喔！」

開明就這樣想到哪就說到哪，吱吱喳喳。巫陽在巫谷裡，很少聽到有人這麼多話，好幾次都轉過頭去研究，他是不是用九張嘴巴輪流在說話，要不然，怎麼說了這麼久都不累？開明哪知道她在想什麼，以為她喜歡看著他，就愈是講得興高采烈，直到她克制不住研究慾望，終於提問：「你的九張嘴巴，會輪流講話嗎？」

「不，不需要。」開明漲紅了臉，不知道巫陽為什麼忽然這樣問，一時有點害羞：「你覺得我話太多了嗎？」

「不是，我是在研究效率。」巫陽一本正經：「你既然有這麼多嘴巴，沒想過怎麼安排輪值，或者讓他們同時練習什麼獅吼功或九部合音什麼的？天生萬物，不是都應該各安其所？」

「我，我……」開明忽然接不下話，想起陸吾常常告訴他，替他安排九顆頭，是因為他得嚴密看守著崑崙山的九個出入口。但那只需要九雙眼睛，他怎麼從沒問過，為什麼又安排了九個鼻子、九個嘴巴給他，到底這麼多鼻子、嘴巴，可以做什麼呢？就在開明胡思亂想時，巫陽說：「我也會幫你認真想一想，九雙眼睛、九個鼻子、九張嘴巴，還可以做什麼？這就是我們在巫谷生活著的每一天，不斷把身邊每一個組成都拆成小分子，再重新整合起來。」

「不用了，不用了。」一想到她想要把自己的九雙眼睛、九個鼻子、九張嘴巴，拆成小分子再重新整合起來，開明整張臉都皺起來，開始懷念起和欽原、土螻一起工作的日子。他們都以為用腦子很快樂，原來，太常用腦子，也有點可怕呢！

欽原和土螻常說，以前替西王母和英招當警衛，只負責螫人、刺人，一直螯、一直刺，根本不用腦子。直到開明找他們一起整建「神獸樂園」，他們好開心啊！好像在工作中體會到一種存在的意義和價值，清楚感受到一種熱呼呼的力量從心底湧現出來，像永不停息的活泉，無邊無涯噴竄著，忽然理解：「原來，離朱那傢伙永遠不休息，就是這種熱情和力量！」

「離朱永遠不休息？是這樣嗎？他不是有三顆頭、六個眼睛嗎？所以，應該是輪流在睡覺！」開明一解釋，欽原和土螻趕緊點點頭，他們現在什麼都相信開明說的。開明自己反而很好奇：他聽過很多人形容離朱，大家都說他常常垂下一顆頭，闔上一雙眼睛，安穩的睡著，讓他好羨慕啊！雖然他也有九顆頭、十八隻眼睛，但它們總是一起睡著、一起醒來，所以，愈靠近山頂，開明就愈興奮了：「你知道嗎？我曾經無數次在心裡計畫著，要是能夠遇到離朱，一定要請教他，怎麼安排眼睛輪流睡覺？這種神能，能夠學起來多好！你覺得如果我想拜師，他會教我嗎？」

「他哪有這種神能？」巫陽搖搖頭：「離朱從來不睡，他永遠張著四隻眼睛，對準四個方向，提高警覺，只閉起兩隻眼睛輪流休息。」

「什麼？這怎麼可能呢？」開明覺得不可思議，原來欽原和土螻說，離朱永遠不休息，竟然是真的！

巫陽說：「黃帝和蚩尤打到昏天暗地時，離朱是逆轉戰局的神人。和平降臨後，他選擇從人形轉化成耗能更少的神鳥，不眠不休的守護玉禾。真相如何，沒人能夠確定，但我猜測，那應該是一種接近能量守恆的偉大巫術！」

3 神鳥離朱

巫陽一直認為，黃帝身邊最偉大的巫師，其實是離朱。他不需要像他們在巫谷經歷的修練，那麼壓抑刻苦，而是自由自在的遨遊天地之間，善用風雲靈能，打破人身限制，鍛鑄出鳥的眼力、魚的水性。當黃帝被蚩尤打敗後撤回崑崙，他們躲在赤水北方的山坳裡，黃帝非常疲憊，幾乎要放棄希望時，離朱發現赤水裡有微光，靈能閃爍，他跳進赤水，從最深處找出九幻玄珠，讓黃帝獻給「九天玄女」，而後學得一身兵法，再得「風伯」相助，引出山川靈能布陣。聽到這裡，開明獸得意的說：「我知道了，就是『八陣圖』。我學過耶！」

「學習，是為了活用，你要好好修練，能力愈強，就愈能夠守護住共存的尊嚴。」巫陽摸了摸開明獸的頭，認真叮嚀：「經歷過血腥戰爭的人，都會特別珍惜和平。離朱選擇待在崑崙山巔，最深的用意，應該就是要好好看著大家過幸福日子。」

「你看！好漂亮。」遠遠的，開明指著山巔上最高的那株玉禾大喊。玉禾玉色溫潤，映著陽光幻著七彩，飛近了才發現，它好高好高啊！大概有十個人疊起來那麼高，稻稈則得要五個人伸出雙手接起來才能環抱。玉禾的東邊長著沙棠樹和琅（ㄌㄤˊ）玕（ㄍㄢ）樹，西邊則長著珠樹、玉樹和璇樹，葉子落下來都是美玉，滲入玉禾的根部匯成滋養，稻穗玉圓朱潤，而飛在四周的彩鳳和青鸞都以美玉為食。開明落地後，看見視肉獸，忍不住嚷：「你怎麼會在這？」

「我就住這啊！」視肉一說，開明急著問：「高處不勝寒哪！想不想跟我出去玩？就在弱水邊，有很多我的朋友耶！我們可以辦場『吃到飽』宴會，還可以表演你那沒完沒了的『長肉術』，嚇嚇大家。」

「好啊，好啊！」視肉正覺得生活無聊，每天就想著辦宴會，日子久了，大家吃膩了他的肉，沒人想再吃了，但他急需要代謝更新才能永保青春，便抓著開明，搶著訂宴會日期。

離朱笑了起來，巫陽在他身邊，仔細報告窫窳復活後為她抽離夢魘後的犧牲，以及小蛇人困在極北吃不飽又睡不暖的悲哀。離朱想了想，除了指點巫陽帶著開明和視肉，專門採收那些最甜美的成熟穀粒餵食小蛇人，遏止他們的吃人惡念，還特別呼喚陸吾大總管到山頂來，為小開明獸說情，請他網開一面，從寬處理。

幾千年來，神人離朱創立大功，從來不曾提出任何要求，只說想

cinyee

安靜待在崑崙山巔，化為神鳥離朱，守衛玉禾，從來不曾逾越。每當黃帝登上崑崙山巔，想找他敘敘舊，他總是說：「這世界上誰不寂寞？我們必須讓天下人看見，先敘君臣關係，才有朋友情義，否則，如何維繫和平安定？」

連黃帝都得為離朱幾度出入崑崙山巔，向他致最敬禮，陸吾又怎能不接受他的請託呢？陸吾狠狠瞪了一眼開明獸，這九頭小虎鬆了口氣，伸了伸九根舌頭，同時做了九個鬼臉。這下子，什麼偷偷溜出崑崙山、怒放天條，都不算問題了，連藏在小蛇人身上的不死藥禁忌，跟著也順利解決。開明忍不住偷問巫陽：「玉禾這麼容易摘取，離朱又何必辛辛苦苦守護，還搞得幾年不休息呢？」

離朱聽到了，刻意放大了音量，好像要說給大家聽：「玉禾不是至寶，而是詛咒。『永遠不會餓』不是祝福，反而讓我們少掉了很多生活的滋味。我鄭重再說一遍：與其說我在守護至寶，不如說我在對抗詛咒。人的一生，還是要經歷飢餓、奮鬥，才算圓滿。」

「知道了啦！」視肉無奈的說：「我都聽過幾千遍了。」

開明回到家以後，發現巫相將如意頸上的傷痕修復得毫無痕跡，而吉羊已開心的變回他自己；欽原和土螻吃驚的繞著他，每天纏著要他再變成開明給大家看看，吉羊不想透露他的偽裝其實是白澤的幻術，只裝得很累很累的嘆一口氣：「要裝得像開明一樣笨，真的很不容易耶！」

最讓大家感動的是，神鳥離朱第一次向黃帝提出請求，讓陸吾帶著生養土地的「息壤」，在極北和崑崙山間，創造一座獨立的小山來安置小蛇人。燭龍冰冷的家，忽然多出一大群淘氣又沒有經過教養的小小子孫，真夠他忙的。開明總是期盼著，憑著燭龍豐沛的遠古神能，慢慢壯大這些小蛇人，讓他們變身成溫柔又好看的人面蛇身。只要其中幾個長得像窫窳，燭龍應該就能得到些安慰了吧？

好不容易多出一座山，開明纏著陸吾，極力推薦一直想要「繼承父業」的吉羊接任山神。吉羊又意外又開心，想了幾天後，竟然拒絕聘任。他昂起頭驕傲的說：「神獸樂園還有好多事還沒做，我們的監護人又有點笨，如果沒有我幫忙，工作怎麼繼續呢？」

開明笑開了嘴，摟著吉羊和如意，想著以後每天晚上都要抱抱，因為，他真的不能缺少他們的幫忙。欽原帶著土螻跟著衝了過來：「我們也要抱抱！」

「小心一點！」吉羊、如意和開明一起驚聲尖叫：「你們的刺有毒，要是刺到我們，大家就完蛋啦！」

4 貳負的封印

當開明回到家，開開心心展開新生活時，巫陽並沒有離開崑崙山巔，而是反覆纏著離朱問：「世間盛傳，離朱之目是神能，百步之外、秋毫之末，水深至極、人心幽微，全都看得一清二楚。請問，貳負和危，為什麼要殺了窫窳？」

離朱沒有回答，巫陽也不催促，只安安靜靜坐了下來，斂眉垂眼，引天地元氣，以自己的身體經脈結陣。崑崙山巔的靈能，讓她的心慢慢沉寂，她在沉默中小心驅轉神志，直到捕捉到閃躲的離朱。兩個人的意識一交接，離朱搖搖頭，六隻眼睛全部張開，對著她苦笑：

「你這又何必呢？巫彭和巫抵那兩個老傢伙一直想讓你接班，『絕情斷欲』就是巫谷的信念。你就快要站上巔峰了，平平靜靜過日子多好？疼痛的往事，我不願意看你多做糾纏。」

「嗯，彭老常說：有一些痛苦記憶，忘了也好。」巫陽看著離朱拼命點頭，淡淡笑了起來：「我一直也這樣相信著，直到發現根本不認識我的竊竊，竟然本能的為我承擔起痛苦，我就沒有權利盲目的享受幸福。我現在特別能夠理解，為什麼抵老強調要整合自己，我們的記憶沒有選擇和捨棄，只有全然接納。」

離朱不再說話，閉上兩個眼睛，轉開其他四個眼睛繼續守衛。巫陽也不急，巫力不像神能，擁有破開萬物、從虛無中再造的快意，但可以接引天地靈氣，封印儲存。她難得上崑崙山巔，這裡是接引天地靈氣最精華的聚匯點，剛好可以讓她專注的納日月風雲虛空萬物，煉心聚陣，需要時再隨時取出。後來，千萬年後有一些平凡的人類得到巫力指引，用同樣的方法發明了「電池」。

巫陽就這樣安安靜靜的引星力、控精異，溝通神靈、鑑往知來、清心療傷、鎮邪辟鬼⋯⋯。過了大半個月，離朱眼看她是不可能放棄了，只好嘆一口氣說：「我知道你很善良，在天荒戰亂中出生、成長，就像一塊頑石，拼命站在痛楚洪流中，行醫救人，以為吞噬就是最大的惡念，那是因為你沒有經歷過開天闢地的血腥崩亂⋯⋯」

那麼多人心的瘋狂殘酷、人性的晦暗懼怖、欲望的扭曲煎熬、邪惡的擴張肆亂⋯⋯，離朱六隻眼睛都閉上了，巫陽有點意外，竟看見這六隻眼睛同時流下淚來，那是何等的痛楚？連回想起來都帶著無法承受的負擔？過了很久，離朱才說：「人面蛇身的貳負，本來是極速之神，在天傾地毀的大崩亂中，慢慢在血腥裡迷航了，因為戰場上

『不是殺，就是死』的殘酷法則，反而更凸顯他的武將象徵，讓他躭溺在瘋狂殺戮裡，心智扭曲成一種常人無法理解的邪惡分裂。好不容易在戰後迎來和平，黃帝感謝他的戰績，也希望他過上平安日子，就封存了他的殺戮記憶，讓他重生出單純的人生，自由自在雲遊四海，也在北海認識了同樣人面蛇身的窫窳，變成好朋友。」

「世人盡知窫窳是妖獸，其實，他是我最喜歡的孩子。」離朱笑了，終於把眼神從遙遙的遠方收回，看向巫陽：「『窫』這個字，是在形容他常常在洞穴中，安安靜靜刻著記憶。還有啊！『窳』這個字，就是說他總是自願讓出陽光，歪裂的在角落裡自生自滅，哪怕是做一個傻瓜，只要自己開心就夠了。」

「我知道了。貳負雖然重生出空白記憶，個性、喜好和行為模式卻不會改，記憶封存了，他的潛意識還是接收到了血腥殺戮的遺痕。

後來遇見像窫窳這樣溫暖的人，愈是渴望變成他，就愈和對自己的厭棄形成強大拉力，因為能量守恆，那些恐怖的拉扯，最後一定會找到縫隙反噬。」巫陽猜測著。離朱點點頭，感傷的說：「危是貳負最忠誠的部屬，即使記憶同樣被黃帝封存了，仍然不離不棄的跟著貳負。他發現，貳負特別喜歡去找窫窳，問題是，和窫窳分開後，貳負也特別痛苦，好像他們又陷入絕境，很像天傾地毀的混戰時期那種壓抑不住的崩亂。」

離朱停了下來，不忍再說，巫陽也不催他，讓人難過的故事總是這樣，藏著太多不忍和不捨。過了很久，離朱嘆了口氣，繼續說：「貳負沉淪在窫窳的溫暖、危的厭棄中，反覆受到刺激，終於，封存的血腥記憶崩裂，在貳負陷入意識混亂時，危立刻引導他殺了窫窳。接到消息後，黃帝太震撼了，一邊是老友燭龍的善良孩子，一邊又是為他血戰失了心魂的老將，你說，他能怎麼辦呢？」

「所以，痛苦記憶忘了也好，戰爭的猙獰，是無法傳遞詮釋的。」

巫陽愈聽愈感傷：「我們只能珍惜現在的日子、珍惜現在，好好的。」

「我們走過開天闢地的荒洪榛莽，一起在戰爭與災難的生死邊界掙扎，只能在黑暗中學習、摸索。」離朱的聲音很啞，充滿了無奈：

「燭龍的兒子鼓，在大戰中聯合『欽鴀』，刺殺黃帝集團裡的葆江；黃帝在贏得勝利後，立刻殺了鼓和欽鴀。這件事的後續紛爭，讓黃帝理解和解的重要，成為他重整天地的啟蒙課。一想到這次是燭龍最後一個兒子，黃帝立刻反綁貳負和危，連腳都上了枷鎖，把他們關在北海疏屬山，並且急著讓你們復活窫窳。」

「可惜，我們做得不好。」巫陽一直覺得，窫窳是為她而死，心裡糾纏著濃稠的痛楚，這時才深刻感受：「和貳負的痛苦、黃帝的負擔比起來，我的吞噬夢魇不算什麼。窫窳的死亡和犧牲，也只是無限慘烈中，小小的一抹疼痛的血色。我們這個和平世代得來太不容易了，真的不准荒怠、不許辜負，要好好活著，活得更有意義和價值。」

5 幸福的聲音

貳負在窫窳死後，跟著失去求生意志，心魂憔悴，枯槁而逝；倔強的危，卻以驚人的意志力，熬過幾千年。離朱的神眼，領著巫陽的神識，穿透到幾千年後的漢宣帝時代，有人在陝西山區發現一塊大石板，石板下方有一間石室，裡頭關著一個人，光腳散髮、雙手反綁，腳上還帶著刑具，直到送至長安，才被劉向對照古籍後確認：這就是貳負的忠誠部屬，危。

危慢慢張開眼睛，打量這個世界。漫長的時間過去，世界變了一個樣貌，他呼吸到了自由的空氣，可是，他摯愛的貳負消失了，他們共有的石室、枷鎖，也被陽光照亮、被反覆清洗，整理成博物館內的展示品開放給大家參觀。危魆著眼睛，仰望太陽，幾千年後的陽光，還是這麼暖洋洋的，只是，他們的奮鬥、他們的堅持、他們的快樂和悲傷，都將成為沒人了解的謎題。他抽空了所有的生命力，堅持了太久的意志慢慢衰竭，最後被晒乾，變成了石像。

這樣也好。離朱闔上眼，趁巫陽下山前，好好了睡一覺。他真的太久太久了，不曾像現在這樣可以鬆口氣，難得有巫陽看守玉禾，他大睡一場，睡到三個月後才醒。就在這三個月裡，巫陽導引崑崙山巔的天地元氣，在虛空中布下巫力結界，安全直追巫谷；接著，她找來開明，仔細為他講解山川靈能，訓練他在玉禾周邊，融進「八陣法」，布下更神祕的園藝迷宮。

在這段共同工作的每一天，開明獸反覆追問：貳負和危為什麼要殺了窫窳？他沒經歷過天荒痛楚，更無法想像開天闢地的扭曲崩亂，無論巫陽怎麼解釋，他都不能了解貳負為了什麼崩潰？只聽話的向巫陽保證，他不會怪貳負和危，也不會忘了窫窳的溫暖和奉獻，一定會好好活著，看守崑崙山，擴大「神獸樂園」計畫，帶視肉獸度過弱水連辦幾場「吃到飽」宴會，好好教養吉羊、如意，找時間陪伴燭龍，一起照顧小蛇人，最愛最愛巫陽，這樣才能活得更有意義和價值！

這漫長的「願望清單」，一大串一大串念下來，巫陽都被逗笑了，開明還隨時隨地不忘補上嶄新的生活計畫，日子鬧哄哄的，好像洋溢著幸福聲音。當離朱張開眼睛時，很不習慣，怎麼才睡了個覺，崑崙山巔就變了樣貌？

巫陽微笑，聽開明笑嘻嘻的炫耀他精密的警衛系統：「從現在開始，你想睡就睡，想醒就醒。這個好不容易迎來的和平歲月，是為了讓你自由自在生活，而不是讓你替自己找麻煩。」

「啐，你懂什麼！這都是在幹麼？」離朱難得也笑了，開明獸趕緊趁這時候央求：「離朱爺爺，聽說你帶了巫陽姊姊跑到未來去了？好厲害啊！我也要看，我也要看！」

「你想看什麼啊？沒有目標，是什麼都看不見的啊。」離朱撐不住這孩子的撒嬌，四下望去，發現迷宮裡的八陣靈力，決心帶他看看這個威力無窮的陣法，如何在後世翻雲覆雨。開明獸很快看見，不知道多少年後，周朝姜太公應用奇門，以小搏大，打敗紂王；戰國軍事天才孫臏，以「五井陣法」做基礎，還原了「八陣法」，摧朽拉枯、氣勢驚人；不知道又過了多少年，黃石公傳授張良扶高祖，建立大漢天下；天才橫溢的項羽重新啟動了「八陣法」，被跟隨項羽屢立戰功卻叛楚歸漢的英布強記下來，又讓竇憲在遠征匈奴時活用過；最後，在諸葛亮死後，「八陣圖」失傳，成了人間難解之謎。

看到這裡，開明鬆了一口氣，總算，這些傾天毀地的力量，遠離戰場了。離朱摸摸他的頭，感受到他的焦慮不安，忍不住出聲安慰：「乖孩子！得到偉大的力量，日後更要學會強烈的約束自己。」

開明靠在離朱身上，覺得自己責任重大。自從出生後接受陸吾訓練，他一直理所當然的相信自己一生的使命，就是要守護崑崙山；跟著白澤，他變得嚮往知識，渴望壯大自己，開始由衷想要創造可以讓更多人一起共存的幸福；他自由任性慣了，特別喜歡帝江結合歡愉和美感的無憂率性，更尊敬蚩尤活力豐沛的生靈自主，總以為這就最棒的生活選擇。

認識離朱以後，才讓他深刻領略：人生不是只有自由和快樂，還有犧牲和責任。「大禹」在威令全勝後開江闢谷、黃帝透過大一統的威權，強迫大家節制自由、學會珍惜和平。這樣才能減少衝突紛爭，才有機會創造安逸幸福。

攤在眼前的這麼多人生可能，怎麼做才算對的呢？開明想了想，一直不確定答案。也許「長大」的功課，就是得同時接受許多看起來互相悖離、又不得不同時存在的事實吧？

為了守護崑崙山，他要好好教養白澤託付給他的吉羊和如意，以及回報對他充滿期待的巫陽和離朱。他也想花更多時間去看、去聽、去嗅，期許自己能夠讓所有的生靈，用自己選擇的方式，活出獨特的生活樣貌，讓大家都能聽到「幸福的聲音」。

6
家是最溫柔的力量！

開明從崑崑山巔回到家，習慣抱抱的吉羊，立刻撲上來大嚷：「為什麼這麼久才回來？你忘了家裡還有兩個兒童嗎？這樣很不負責任耶！」

「你可是監護人喔！」如意站在旁邊補上一句，吉羊立刻誇大：「是啊！我要向白澤師傅告狀，要不然，找你師傅投訴好了，你太不負責任了！」

哇，這就是回到家的感覺，真好！開明笑了起來，原來，他有一個家，不再是孤零零一個人了。

剛跨過巫谷時，看見青山綠水圍抱著青瓦白牆，錯落的樹林掩映著繽紛的花色，他深深被那種與世隔絕的美好寧靜吸引，以為這樣的清簡幽雅就是最棒的家。待久了才發現，絕情棄欲的純淨，感受不到喜怒哀樂的生活變化，其實也沒什麼好羨慕的。

跟著巫陽到了崑崙山巔，天地山川日月星輝，冰涼而絢爛，濾盡煙塵，卻因為身在最高處，看遍了千萬年來翻轉在歷史間的競爭痛苦，才算真正感受到：有一個小小的家，可以簡單的吃飯、睡覺，就是最值得珍惜的幸福。不過吉羊和如意哪知道他在想什麼？他們就像認他當監護人的那一天般，吵吵鬧鬧：「快說，我們要吃什麼？餓扁啦！」

「來辦個星河宴會好了！」他才提出，兩個天才兒童很快就把清冷的深藍溶穴，妝點成閃爍的銀河，還吩咐開明把繽紛的菜色切成五角星星形。總是天馬行空發想的吉羊，用彩色蔬果串出一棵新鮮華麗的「星星樹」。

開明邊吃邊想起很久以前聽過的傳說：好多人偷偷告訴他，視肉獸喜歡定居在玉禾附近，就是為了想辦法趁離朱不注意時偷一點玉禾，當他遇到準備打他主意的人，就可以餵大家吃玉禾，這樣他就安全了。

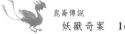

沒想到，真相不是這樣！認識視肉以後，開明才知道原來他喜歡被吃，看大家快樂的樣子，就是他的快樂，而且他的再生速度很快，讓血液活化就可以永遠保持年輕。更重要的是，離朱認為「永遠不會餓」不是祝福，因為「食物」和「熱情」是相應的，當我們圍在一起吃飯、聊天，生活才有溫度。

真的是這樣耶！開明以前什麼都可以吃，也從不在意吃飯的時

間、地點和內容，好像吃飯只是種「能量補充」，是應付各種挑戰以前，一件不斷重複的整備作業。但自從多了這兩個孩子，吃飯成為一種「期待」，他們會開始想像、計畫、設計各種食物和餐桌的變化，「我們要吃什麼？」就從「應該做的事」，變成了「想要做的事」。

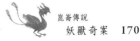

只要一起吃飯，就可以分享好多熱呼呼的心情。吉羊和如意爭相報告，他不在的這些日子，他們做了好多事；開明也把從小蛇人的不死藥開始，到看見燭龍、弱水邊的人們、婉娥的封印、巫谷的巫相和巫陽，以及離朱和玉禾的全部心情，一股腦倒了出來，他不停說著，直到最後吉羊睡熟了，只剩下如意一邊打瞌睡，一邊強打起精神硬撐著：「你繼續說啊！我想聽，我在聽……」

他就這樣一邊說一邊也睡著了，醒來後不甘心，反覆又問開明，就這樣聽了一遍又一遍，最後寫成了一本《不死藥奇案》，還拜託吉羊和他一起再抄寫兩本，一本送到白澤莊園，一本準備送給大總管陸吾。開明有點遲疑：「確定要這麼做嗎？師傅雖然很開明，但是，這本書好像洩漏了黃帝的祕密耶！」

「你就安心送去吧！你還不了解你師傅嗎？他就喜歡搞陽奉陰違這一套。反正一有問題，他就推說：誰相信小孩子的胡說八道？」白澤淡淡一笑。開明獸笑彎了眼睛：「嗯，很像師傅風格。」

喜歡強調「負責」、「低調」、「守護於無形」的師傅，確實會用這種「沒人相信的胡說八道」，負責、低調的守護真相，讓更多人理解生命中總藏著各種不同的解釋和選擇，最重要的是要「自己想」，想清楚以後，就照著自己的願望，好好生活下去。

所以開明也決定讓吉羊和如意「自己想」。這陣子，他看著吉羊停下散漫的「園藝迷宮」個別預約，改以深藍溶穴做起點，讓如意畫出範圍愈來愈大的地圖，以大面積規畫，真有點「山神當家」的規模。他也決定不再管吉羊找不找相柳兒子的麻煩了，每個人都應該自己想清楚，什麼樣的生活，才是自己最渴望的。

感覺才離開白澤莊園沒多久，如意卻覺得這些日子的變化比待在莊園裡的漫長歲月，不知道豐富了多少倍！開明有點莽撞，做決定時多半依賴感覺，而不是理智，看著他東跑西跑，如意總有點擔心，但也充滿期待。有時候他會覺得，擁有這樣的「監護人」也不錯，他和哥哥都在被監護的過程中，找到很多漏洞並試著解決，學會很多「監護開明獸」的方法。開明每次嫌他們管太多時，都會九張嘴一起抗議：「是怎樣？你們不是應該做小山神的職前準備嗎？怎麼一個個都變成管家婆？」

「山神的業務就是管家婆，只是範圍大一點。」吉羊裝模作樣的甩甩屁股，揮舞著手勢比出九條尾巴：「更何況，我們監護人的師傅是超級大管家婆，監護人變成小管家婆，我們變成這樣，也很自然啊！」

他們總是愛鬥嘴，但開明喜歡這個慢慢熱鬧起來的家。他的整顆心變豐富了，於是決心，面對藍衣仙子的邀約。

7 寬容的禮物

「回來啦！」陸吾看著開明獸，眼神裡裝著無限驕傲：這孩子真的長大了。參透了不死藥的祕密、拯救小蛇人一族、得到巫陽和離朱的照顧和欣賞，更解開了黃帝和燭龍的心結，從被放逐到深藍溶穴後，漫長的時間過去了，開明獸終於有勇氣，回到記憶裡最溫暖的檸檬黃溶穴。

陸吾的辦公室還是像一盞溫暖的燈，讓開明想起出生前就喜歡看著師傅工作，日以繼夜，幾乎不曾休息。他手握住拳，壓下撲進師傅懷裡撒嬌的渴望，不斷告訴自己：「我長大了！不能孩子氣，一定要想辦法讓師傅覺得自己很可靠。」

他坐在熟悉的位置上，一邊和師傅聊天，一邊看他熟練的處理各種雜務，九條尾巴分工有序。好久不曾這樣依賴師傅，他忍不住問出巫陽曾經問過的問題：「師傅，除了看守崑崙山九個出入口，我的九顆頭，還可以做什麼？」

「你想做什麼就做什麼啊！」陸吾笑了起來：「你偷跑出崑崙山的時候，想過問問師傅應該做什麼嗎？」

開明獸滿臉漲得通紅。是啊！從摘星星、發起「神獸樂園」計畫，一直到為了小蛇人不顧禁忌偷跑，這些驚天動地的大事，自己還真沒問過師傅。原來，他已經到了「想做什麼就做什麼」的年紀了啊！他深吸了一口氣，同時也在溫暖的檸檬黃裡吸足了勇氣：「師傅，藍衣仙子找我，送我去瑤池，好不好？」

「嗯，你變勇敢了。」陸吾揉了揉他的頭，像小時候一樣，一顆、一顆，又一顆，直把九顆頭都溫柔的摸了摸，好像他在害怕什麼，師傅什麼都懂得，最後，才握起他的手說：「別怕，誰沒犯過錯呢？能力愈大的人，愈容易犯大錯。但要謹記，無論學會什麼，都要節制自己，想慢一點、做慢一點。」

「負責、低調、守護於無形。」開明獸很快接話，陸吾一下子就被逗笑了。他站起身，龐大的身軀占滿溶穴，其中一條尾巴捲了過來，把開明獸送到背後，幾條尾巴護住他，其他尾巴揮動著空氣開始起飛。開明獸看傻了，逆著風大聲讚嘆：「師傅，師傅，你會飛！」

一眨眼，他們降落在「瑤池聖境」高臺邊的山腳下，青鳥已經在那等著領路。好奇怪啊！就這麼和師傅待上短短一段時間，開明獸就覺得自己心裡踏實了很多，從師傅尾巴上溜了下來，他恭恭敬敬行個禮：「師傅，別擔心，我會好好的。」

「是你自己窮擔心，好不好！你師傅一點都不擔心。」青鳥立刻咧嘴嘲笑。陸吾拍了拍青鳥的頭：「別胡鬧，他已經夠緊張了。」

「知道啦！他是你的寶貝，可以了吧？」青鳥頭一偏，載起開明，還沒起飛又亂叫：「哇，你個子這麼小，為什麼這麼重？想壓死我啊！怎麼不減肥？」

藍衣仙子看著開明獸一邊和青鳥鬥嘴，一邊狼狽的爬下來，忍不住微笑問：「終於到啦？拖這麼久，到底有多怕我呢？」

「以前比較怕，見了我師傅後，膽子大了一點，沒那麼怕。」開明獸老實承認。青鳥笑了出來，藍衣仙子瞪她一眼，她立刻乖乖往牆邊靠，一邊小聲嘀咕：「不靠我幫忙，誰幫你帶這小子來啊？」

藍衣仙子懶得和青鳥抬槓，自顧自的拿出一件爍亮的白毛斗篷，認真向開明獸介紹：「找你上來，是想讓你試穿這件火鼠毛織成的大衣。跨過弱水後，一定要披上這件斗篷，才能越過火焰山。你知道嗎？棲息在火焰山的熊熊大火裡，有一種比牛還大的老鼠，兩尺長、千斤重，毛細得像蠶絲，在火中渾身通紅，離了火就變得細白如雪。自從聽說你規畫了神獸樂園，打算下山搜救小生靈，我就拜託火鼠每天送我一點火鼠毛，這樣慢慢累積，忙了好一陣子才做好。記住唷！這衣服永遠不用洗，髒了往火裡一燒，就會跟新的一樣潔白，人們叫它『火浣布』。」

「為，為什麼送我這個啊？」開明有點忐忑。藍衣仙子回答得很自然：「為了拯救生命啊！我知道，你一直覺得我不肯原諒你。那是當然，這世間，不是每一件事情做錯了，說聲對不起就可以。痛苦、懊悔，都不能挽回錯誤，最重要的是，接下來還可以做什麼？我們想要做的每一件事，不是為了彌補錯誤，而是打從心裡相信的信念和渴望，這樣走出來的人生，才會美好、才夠長遠。」

「謝謝。」開明說不出話，只感動得眼睛眨啊眨的，拼命想鎖住眼淚，淚滴掛在眼眶裡繞了繞。他一直認為是要上山來認錯，沒想到竟然得了件這麼稀罕的禮物。藍衣仙子嘆了口氣說：「我也不好。經歷這麼長的修練歲月，還是很容易激動，一直學不會原諒，總覺得生命是單行道，根本不可能回頭。不過，寬恕是一段必要的學習旅程，看著你的努力，我也想和你一起奮鬥，我們就學著為天下生靈，想辦法再多做一點點吧！」

開明的眼淚終於掉下來了。這世界很大很大，他真高興，有機會帶著沙棠果、披上火浣衣，踏上一段又一段充滿愛和溫暖的學習旅程。

國家圖書館出版品預行編目（CIP）資料

崑崙傳說：妖獸奇案 / 黃秋芳著；Cinyee Chiu 繪．-- 初版．-- 新北市：字畝文化出版：遠足文化發行，2020.09
面；　公分
ISBN 978-986-5505-35-6（平裝）
863.596　　109011087

XBSY0025

崑崙傳說：妖獸奇案

作　　者｜黃秋芳
繪　　者｜Cinyee Chiu

字畝文化創意有限公司
社　　長｜馮季眉
責任編輯｜戴鈺娟
封面設計｜張湘華
內頁設計｜張簡至真

出版｜字畝文化／遠足文化事業股份有限公司
發行｜遠足文化事業股份有限公司（讀書共和國出版集團）
地址｜231 新北市新店區民權路 108-2 號 9 樓
電話｜(02)2218-1417　傳真｜(02)8667-1065
客服信箱｜service@bookrep.com.tw
網路書店｜www.bookrep.com.tw
團體訂購請洽業務部 (02) 2218-1417 分機 1124

法律顧問｜華洋法律事務所 蘇文生律師
印製｜通南彩色印刷股份有限公司

2020年9月　初版一刷　2024年6月　初版四刷
定價：330元　ISBN 978-986-5505-35-6　書號：XBSY0025